成為用故事
表現自己的高手

暢行小說、劇本和網路自媒體的創作力

克里斯多夫·埃奇／著

帕多瑞克·穆赫蘭／繪　嚴淑女／譯

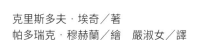

目次

作者序

　　無論你正在尋求成為作家的入門靈感，或想學習如何和更多人分享故事，你都將在本書中獲得需要的建議和方法。

　　《成為用故事表現自己的高手：暢行小說、劇本和網路自媒體的創作力》涵蓋故事創作的每個階段，包括：創造具有致命吸引力的開場、建立可信度高的世界，到如何修正情節破綻和編輯最終定稿等，除了幫助你了解故事如何運作，也能在你撰寫自己的作品時提供協助和資源。

　　書中也為你解密寫作者的生活、教你找到經紀人和出版社，以及如何行銷和有效的宣傳與推廣作品。你還能從提示和技巧的指點中，輕鬆學會真正的作家如何在網路和現實生活中分享自己的故事。

　　世界是由故事組成的。無論你想寫小說、同人小說、電影、戲劇、電視節目、廣播劇或電玩遊戲劇本等，本書都能建立你身為作家的自信，並激發你的創造力。

　　每位作家也都是讀者。衷心希望本書能啟發你的創造力，並找到最適合的管道來展現你的精采故事。

Christopher
Edge

克里斯多夫・埃奇

如何使用本書

本 書將帶你經歷故事撰寫的不同階段。從尋找靈感、如何規畫劇情寫作,直到最終定稿。

如果你是新手作家,建議先從頭到尾讀一遍;如果你已有寫作經驗,想知道如何精進故事,或作品付梓的方法,則可以直接閱讀對應的章節,尋找所需的建議。

你也可以在書中發現以下的實用資訊:

字彙列表和檢查表

使用「字彙列表」和「檢查表」可以讓你掌握故事的不同面向,同時提升寫作技巧。

類似右圖的指標列出「提示」和「問題」,幫助你計畫和思考每個故事的寫作階段。豐富多元的「字彙列表」讓你在寫作中運用不同的詞藻。不同的「檢查表」(參考第102頁)則幫助你解密傑出小說的關鍵點。

電影明星　保護　寵物　繪畫
宴會　夏天　地球　總統
迴紋針　血液　挫折　長凳　謊言
改變　火車　森林
緞帶　骨頭　病毒　海洋
撞擊　完美　醫院
隱藏　鏡子　腳踏車　火　眼睛
害怕　塑膠瓶　家庭　城市　手帕
跳舞　嬰兒　偽君子　照片

角色的目標?

角色的動機?

誰支持他們?

誰反對他們?

故事中的角色面對什麼障礙?

他們如何克服障礙?

他們的行動帶來什麼結果?

他們如何應對?

作者建議

透過提示、小技巧和友善的鼓勵，傾聽獲獎作家與暢銷書作者的建議。

摘錄文章

看看從知名小說擷取的精采片段，試著將這些技巧應用在故事中。

這首詩是我坐在廚房洗碗槽中寫出來的。我的腳泡在裡面，我坐在瀝水盤上。我事先用狗用毛毯和茶壺保溫套把瀝水盤包起來。
　　——《我占領一座城堡》（*I Capture the Castle*）
作者／多迪‧史密斯（Dodie Smith）

「我得掛電話了。」她彎下身，讓話筒貼近電話底座。帕克說：「伊蓮娜，等等。」她聽見老爸走進廚房，聽到自己心臟大聲怦跳，四處回響。「伊蓮娜，等一下！我愛你。」
　　——《這不是告別》（*Eleanor & Park*）
作者／蘭波‧羅威（Rainbow Rowell）

我的名字是哈瑞特‧梅勒斯，我是個天才。我知道我是天才，因為我在網路上看過天才的特質，我幾乎囊括每一項。
　　——《閃爍者》（*All That Glitters*）
作者／霍莉‧斯梅爾（Holly Smale）

劇透警告！

如果你發現「劇透警告」，別讀書摘，除非你早就曉得書中發生什麼事了。

克服眼前 一片空白的恐懼

你想寫故事,但不知從何開始?你腦中有好多想法,但不曉得如何將它們記錄下來?你想寫一本書,但又無法理出故事的脈絡?如果你有這些困擾,試試以下方法,讓你馬上克服恐懼,開始動工!

閱讀你喜歡的書

從你喜歡的書籍或故事中找尋點子。即使是知名作家,也會從喜愛的書中獲取靈感並放入自己的故事裡。

- 法蘭克‧克特洛‧布伊斯(Frank Cottrell Boyce)的《百萬富翁》(Millions),描述兄弟倆發現一袋錢幣,其靈感就是來自於十四世紀《坎特伯里故事集》(The Canterbury Tales)中的「赦罪修士的故事」(The Pardoner's Tale),內容講述一群朋友發現寶藏。
- 瑪洛麗‧布萊克曼(Malorie Blackman)的《追逐星星》(Chasing the Stars),靈感來自莎士比亞的《奧賽羅》(Othello),只是把主角改成女生,場景設定在外太空。

想想如何把你借來的點子稍微更動,變成自己的故事。

蜜雪兒‧羅勃茲說:
我會問自己一個我不知道答案的問題。這樣一來,寫小說和故事就成為一場探索未知的旅程。

蜜雪兒‧羅勃茲(Michèle Roberts)是小說家、詩人

做好寫作的準備

你永遠不知道何時會靈光一閃，所以隨時做好記下靈感的準備。

- 你可以使用筆記本或是手機 APP。
- 也可以把好點子滔滔不絕的說出來，再用錄音筆錄下，或用相機拍下任何讓你文思泉湧的事物。

記住！一定要馬上記下靈感——因為下一刻，可能早就忘得一乾二淨了！

尼爾·蓋曼說：

你可以在做白日夢或無聊時想到好點子。事實上，你隨時隨地都能找到好點子。作家和一般人不同之處在於，我們是有意識的在做這些事。

尼爾·蓋曼（Neil Gaiman）是美國奇幻文學大師

當一個點子蒐集家

你所發現的任何東西都能讓你開始寫作，例如在教室地板的小紙團、被沖上海灘的漂流木。你可以把它們當成靈感，想像出不同的故事。怎麼做呢？從「問問題」開始！例如：

- 它如何來到這裡？
- 誰可能會尋找它？
- 它可以拿來做什麼？

再想想你喜歡的故事類型，例如驚悚故事或羅曼史。思考如何在某些類型的故事中應用特定物件，例如收到一張來自神祕仰慕者的情人節卡片，可能展開一段浪漫愛情故事，也可能是一樁驚悚事件的開場。

放開束縛，自由想像

　　試試「自由書寫」，讓你的點子源源不絕。這是一種限定時間的主題寫作法。「自由書寫」就是要解放你的創造力，所以先別擔心錯字、標點符號或文法。

　　請你從以下的大腦網絡圖中選一個主題，持續不間斷的書寫五分鐘。寫下你的每個想法、記憶或任何和主題有關的聯想——不管這些內容多麼散逸或無厘頭。回頭再檢視時，你可能會發現一個想法、一個字或一句話，點燃故事的靈感火花。

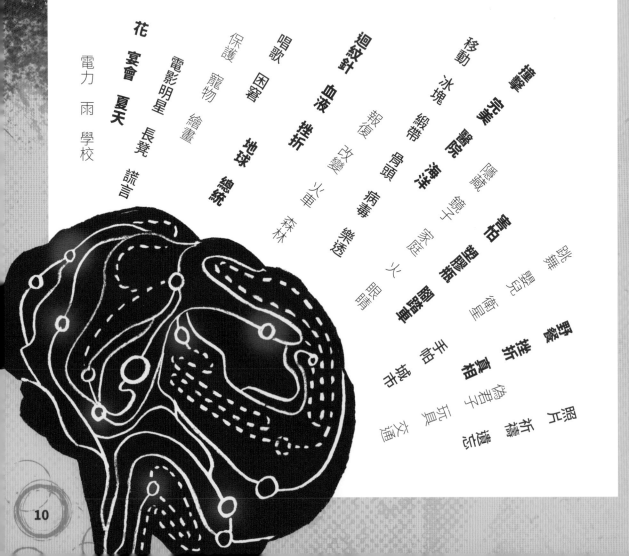

點子大串聯

通常故事不可能瞬間就出現！作家必須連結不同的點子、角色和背景，才能轉化成故事的情節。

如果持續記錄你的靈光一現或發現，並且經常回顧這些資料，就能幫助你找到這些點子之間的連結或關係，這可能是你一開始沒想到的。

當故事開始成形時，不要害怕修改最原始的素材。

養成書寫的好習慣

每個點子都像一顆故事種子。持續規律的書寫，才能讓種子成長為完整的故事。如果你每天寫一頁，累積幾個月下來，你書寫的分量就足夠組成一本書。

- 找一個地方開始寫作。
- 從廚房到圖書館都可以。
- J. K. 羅琳撰寫「哈利波特」（*Harry Potter*）系列的故事，就是從坐在一間咖啡館開始。
- 有些作家是在火車或飛機上寫作。

千萬不要騙自己說，一定要在固定的地方才能寫作。作家總是能在最奇怪的地方找到最好的靈感。

這首詩是我坐在廚房的洗碗槽中寫出來的。我的腳泡在裡面，我坐在瀝水盤上。我事先用狗用毛毯和茶壺保溫套把瀝水盤包起來。雖然不是很舒服，還一直聞到消毒藥皂難聞的氣味。但是，這是廚房中唯一可以晒到太陽的地方。我發現，坐在你不曾坐過的地方，會激發出不同靈感。我最有名的詩作就是坐在雞舍裡想出來的。

——《我占領一座城堡》（*I Capture the Castle*）
作者／多迪・史密斯（Dodie Smith）

寫**你**的故事

最佳主角就是你！

每本書上寫的都是別人的故事，你為什麼不來寫自己的故事呢？等等，別誤會！我可不是要你寫自傳，而是要你從生命或日常生活中汲取靈感，成為寫作的素材。

從回憶中尋找靈感

回想一下你最初的記憶是什麼？寫下所有印象中的細節。

- 你看見了什麼？
- 你聽見了什麼？
- 你能喚醒當時的感官記憶嗎？例如某種氣味。你嘗到了什麼？
- 想想這個記憶帶來的不同感受。

盡量將這些細節描繪進故事中，有助於你把真實的生活經驗轉化成故事靈感，創造出對讀者更具說服力的畫面。

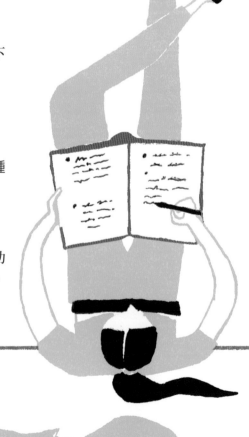

善用熟人作為故事原型

想讓故事中的角色更具有真實感嗎？從身邊的熟人下手吧！我的意思不是要你把朋友或家人變成故事中的角色，而是奠基於真實人物，能讓讀者感到更真實、更親切。

現在來做個小練習。想著一位你熟知的人，寫下他令人興味盎然的所有細節，例如外表、穿著打扮、說話的方式或常有的習慣動作。你可以將這些特質融入某個故事角色嗎？

例如當他說謊時，會不自覺摸著鼻子，或是他在陰天時偶爾也會戴著太陽眼鏡。

但是，千萬要記得一件事！你只能從對方身上借用一兩項特質，

其他部分則要重新想像，才能寫出原創性高的角色，而不只是真實人物的複製。

另一個能深入了解角色的方法是照鏡子。從鏡子映照中，幫助你思考角色的外在和內心。

請把你最好和最壞的特質，還有你在生活中展現這些特質的方式都寫下來。

你能讓故事中的角色，擁有某些你自身的特質嗎？

克里斯多夫‧埃奇說：
我寫的每個角色都有某部分的我。

克里斯多夫‧埃奇（Christopher Edge）是《阿爾加‧布萊特的繽紛世界》（The Many Worlds of Albie Bright）和本書作者

用小說角色的觀點寫日記，可以幫助你探索故事中的各種事件、角色的心情和感受。

我實在很難向你說明清楚為何我如此痛恨上學。從我起床那刻開始，我知道自己必須穿上那套深綠色制服，我的自信心當下一點一滴流失，穿上那件深綠色襯衫……我慢慢覺得自己不行了……連身裙撐住我……領帶……還有那個緊勒住我脖子的笨蛋蝴蝶結，讓我把想說的話都吞進腫脹的喉嚨裡。這一天真是漫長……拖過一小時又一小時，一直到三點半，我才能從學校解脫。

——《朝鮮薊之心》（*Artichoke Hearts*）
作者／席塔·班里加米（Sita Brahmachari）

生活回顧

以下這些關於回憶的提示，能否讓你抓到一些靈感，或開啟撰寫故事的起點呢？

我最喜歡的遊戲

我的祖父母

第一次受到驚嚇

一趟值得回憶的旅行

有史以來最糟的一天

搬家

朋友與敵人

我最喜歡的地方

謊言

我最悲傷的經驗

在我的房間裡

生命中最棒的片段

第一天

第一次墜入愛河

最丟臉的瞬間

真實和謊言

　　記住！創作小說時，你不需要全部依照真實的情境來寫。在你的生命中，一定曾出現過犯了錯或意識到事情不對勁，希望一切能夠重來的時刻。

　　想像一下，假設當時你做了不同的決定，會發生什麼事？試著寫下你做了不同決定的另一個故事版本。

・這個決定將會導致什麼結果？
・你的生活將會有什麼改變？

　　事先想好行動和結果的關聯性，會讓情節更具說服力。

祕密和自白

　　有些故事的賣點就是祕密。想想以下問題，你也能書寫這類型故事。

・這是什麼樣的祕密？
・誰在守護這個祕密？為什麼？
・如果祕密被揭穿，他們的感受是什麼？

　　你可以寫一個超自然的浪漫愛情故事，例如女英雄發現她的男友原來是狼人，或是寫一對同卵雙胞胎彼此的朋友老是弄錯人，造成爆笑結局的喜劇。

日記和部落格

　　養成寫日記或部落格的習慣，能讓你釐清對發生的事情產生的感受。這些感受能反映在你的故事中，啟發你創建角色、情節和背景。此外，經常自問「如果」或「但願」這類問題，則能夠幫助你將生活中的真實故事轉化為小說素材。

深入研究 你的故事

當你想到點子時,別急著開始寫故事!不管那是為了拯救人類而進行星際任務的科幻小說,或是描述亨利八世約會糗事的歷史喜劇,你都需要先蒐集相關資料。

問對問題,很重要!

列出一張「問題清單」。將撰寫這故事的必備知識,包括背景設定、角色或情節的不同面向通通寫下。

如果要寫調查謀殺案的偵探小說,你必須了解當代的犯罪鑑識小組如何蒐集證據;然而,若背景設定在英國的維多利亞時代,你則必須知道那個時代的警察在追查何種破案線索。

你知道指紋第一次在英國法庭上被當成證據,是在西元1902年嗎?

使用準確的資料,會讓你的故事更逼真。

法蘭西絲・哈丁吉說:

你需要讓角色和真人一樣。他們可能會受愛情或權力所驅使,但他們仍需要吃飯、睡覺和遮風避雨的處所。

法蘭西絲・哈丁吉(Frances Hardinge)是《謊言樹》(The Lie Tree)作者

搜尋資料的工具

　　找到要尋找的資料方向後，接下來你需要更進一步研究、探索。你有很多工具可供使用，從參考書籍到上網搜尋皆可。例如你可以先瀏覽關於「迷信」的主題，然後縮小搜尋範圍，聚焦在和故事有關的特定面向上，像是「為什麼十三號星期五不吉利？」

　　我覺得搜尋資料最棒的地方是圖書館，這裡不僅塞滿大量能激發靈感的故事，而且圖書館員還能協助你找到最適合的參考書籍。

向館員解釋你想尋找的資料內容和原因。

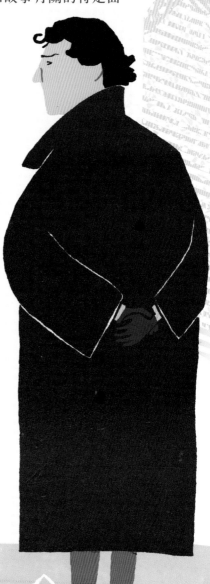

　　當你發掘到一些新鮮、有趣的資料，或許會讓故事情節朝不同方向發展。記住！千萬別害怕調整原本的方向。

　　通常你在書中找到的訊息會比網路資訊更可靠。所以，從網路上蒐集資料時，盡量避免倚賴單一來源。

搜尋技巧：在搜尋的文字或句子前後加上英文的引號（" "），或在想篩掉的詞語前加上減號（－），就能縮小搜尋範圍。

務必把資料來源記錄下來。

將實用網站加入書籤會很有幫助，以便下次能快速找到。

深入研究角色、場景和情節

　　好好研究你設計的角色、場景和情節。藉由下列問題幫助你設定資料研究的範圍。

角色

- 我還需要了解角色的哪些部分？
- 這角色有任何特殊技藝是我需要鑽研的嗎？
- 現實生活中是否有類似的人，能讓我從他身上獲得更多資訊？

場景

- 我的故事發生在哪裡？
- 我可以在真實地點設定架空的場景嗎？
- 這個地點可以親自走訪或從網路上收集資料嗎？
- 關於這個場景設定，還有更多我需要知道的嗎？

情節

- 哪些事實我需要知道，以便讓故事更顯真實？
- 這個情節需要專業知識嗎？
- 我需要去訪談、諮詢哪些人？

比起正確答案，你更有機會在圖書館遇見機緣巧合的意外。

——《你上次見到她是何時？》（*When Did You See Her Last?*）
作者／雷夢尼・史尼奇（Lemony Snicket）

「谷歌」（GOOGLE）和「研究」不是同義詞。

——《失落的符號》（*The Lost Symbol*）
作者／丹・布朗（Dan Brown）

專家建議

即使搜尋萬能的網路或查找書籍，都可能遇上遍尋不到資料的窘境。如果你正在構思一部講述致命病毒的反烏托邦小說，你需要更專業的醫學諮詢。這時請教專家能協助你發掘更多細節，並避免犯錯。

另外，和主題相關的專業機構也是很好的諮詢對象。例如當你正在寫一部關於彗星撞地球的科幻小說時，可以聯繫天文學會，請他們協助你找到所需資料。

把你的問題貼在網路社交媒體上，也能很快得到回應。

小心！當你上網聯繫陌生人或組織時，一定要確保自身的安全。

深陷資料泥沼

記住！千萬不要讓研究工作湮沒你的寫作。有時你會覺得自己還得再多找幾筆資料，但事實上，那只是你的大腦在阻止你開始寫故事。一旦動筆，你隨時能找到更多資料。所以重點來了，先把你的研究放在一邊，開始寫吧！

你知道嗎？資料太多和資料太少一樣可怕！完成資料蒐集後先查看，只保留對寫作有助益的部分。你可以把資料依照故事中的主要場景、情節背景和角色，分別歸檔存到不同的檔案夾中，需要時就能輕鬆找到。

情節 和 計畫

如果查詢「情節」這個詞，你會在字典中看到明確的定義。然而在本書中，「情節」最重要的定義是「在戲劇、小說或電影中的故事」。情節是發生在故事中的事件，以及這些事件的順序和代表意涵。

不過，情節在創作故事時的定義是「制定祕密計畫」。

當你把原始創意轉化成情節時，在開始寫作之前就掌握故事後續發展會大有助益。不過有些作家很隨興，他們喜歡跟隨著故事前進，看看角色會將故事帶往何處。

不管選擇哪種方式，情節都要著眼在能創建精采故事。你可以參考喜歡的書或電影，好好分析故事中的情節是如何發展，才會讓你如此愛不釋手。

TOP SECRET

情節
在戲劇、小說或電影中的故事。

情節
故事
尾聲
結局
難題
挑戰
強化
開場

衝突
爭吵、掙扎或爭執。

建構情節

首先，想想故事的開場。你的第一場戲將怎麼拉開序幕？

- 哪些角色會現身？
- 他們正在進行什麼？
- 發生了什麼事？

「為什麼？」探問關於第一場戲的問題，會觸發對後續情節發展的想法。你可以使用網絡圖、圖表，或是任何能標記的工具來記錄你的點子。

如何把你的點子變成連貫的故事呢？嘗試善用故事山峰圖或故事梯，這些方法能將故事中的個別事件與行動交織串聯在一起。當故事往戲劇架構邁進，每個行動都應扣連著下一個事件。

想想主角可能面臨哪些衝突？阻止他直接衝向故事峰頂的阻礙是什麼？

在角色預設的道路上設置障礙。花點時間思考這些衝突如何連接在一起，堆疊出更具張力的情節。

構思情節

使用以下提示，幫助你構思故事情節。

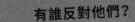
角色的目標是什麼？

角色的動機從何而來？

有誰支持他們？　　　　　有誰反對他們？

故事的角色面臨哪些障礙？

他們如何克服障礙？　　　他們的行動
　　　　　　　　　　　　將帶來什麼結果？

他們如何應對？

故事中每個關鍵事件的
因果關係是什麼？

哪些問題　　　　　　　　後續會產生哪些新問題？
會獲得解答？

可能會引發什麼樣的糾結？

如何提高風險　　　　　　這些風險是自然發生，
製造故事張力和刺激感？　或由角色所帶來？

馬克·海登說：

我從第一頁開始，就讓神祕事件緊緊捉住讀者的心，直到故事結束。我要讓讀者感覺宛如乘坐雲霄飛車，從中間轉彎處逐漸攀升至頂端，感到失去重力後，突然就加速往下飛馳，直到最後。

馬克·海登（Mark Haddo）是暢銷作家、《深夜小狗神祕習題》（*The Curious Incident of the Dog in the Night-time*）作者

高潮和結局

有些作家從故事一開始，就已經決定結局的最後一幕了。有些作家則習慣邊寫邊探索，讓結局自然發生。無論哪種寫法，都要確保你為故事設想了「高潮」。

什麼是高潮？在推理小說中，可能是凶手被揭開真面目的那一刻；在奇幻冒險故事中，就是英雄和致命對手的最終決戰，也是故事要建構出的劇力萬鈞片段。

高潮之後就是結局。你必須讓故事有一個收尾，例如主角如何在經歷這段歷程後產生改變。不一定非得是快樂結局，但務必讓讀者闔上書頁時，感到心滿意足。

視覺化

你可以使用圖解或圖表來構思故事中的行動。這能幫助你思考如何把不同事件組織成形。你也可以把主角們的名字和他們出現的場景做成表格。記住！若你在撰寫故事的時候，突然萌生更好的主意，別遲疑，就推翻原定計畫吧！

情節
情節
情節
情節

避免情節 漏洞

情節漏洞會讓故事變得不合邏輯。

就像某一幕英雄才剛扭傷腳踝，但下一幕他竟然能拔腿衝刺追趕壞人。

或是某個角色已迷失在沙漠裡好幾天，但突然間，他拿起手機接了一通電話！

確認故事中各個事件彼此的連結是合理的。如果你的角色開始表現不合理的行為，或是某件事情莫名其妙就發生了，這時你就該啟動情節漏洞偵測器，好好檢查一下。

情節

情節

情節

情節

**故事從何處開始訴說，將影響你的情節架構。建議你仔細閱讀唐納‧塔
特小說的開頭，想像一下：如果從這裡開場，故事如何發展？會繼續尋
找殺害邦尼的凶手，還是回到邦尼臨死前的時刻，敘述自己如何被殺？**

山上的雪漸漸融化，當我們終於了解到事態嚴重，邦尼已經死了好幾個星
期。其實當屍體被發現時，他早已死亡十天。這可是佛蒙特州有史以來最
大規模的搜索行動之一，有州警、聯邦調查局幹員，甚至出動一架軍用直
升機，大學停課、漢普敦的染製廠關閉，還有來自新罕布夏、北紐約州，
以及遠從波士頓前來的人馬。

——《祕史》（The Secret History）
作者／唐納‧塔特（Donna Tartt）

讓故事角色栩栩如生

現在請你想想你最愛的故事。你會發現流連忘返的故事中，總是有讓人難以忘懷的迷人角色，例如哈利波特、福爾摩斯，還有《梅崗城故事》（*To Kill a Mockingbird*）中的六歲小女孩絲考特・芬奇，和《飢餓遊戲》（*The Hunger Games*）中的凱妮絲・艾佛丁。你要知道，故事不只是一連串事件，而是藉由角色推動著事件發生，以及他們對事件的反應，才能把情節轉化成故事。

你必須投入故事角色，這樣才會真正關心發生在他們身上的事。但這並不意謂讀者必須喜歡你創造的角色。如果故事中登場的都是完美無瑕的英雄，就太不真實了！使角色栩栩如生的訣竅就是：讓角色和普通人一樣，擁有缺陷，也會失敗。

動機和衝突

　　故事最重要的角色就是主角。好好思考你的主角要在故事中表達什麼。

• 他們的行事風格如何？
• 他們想要什麼？
• 他們需要什麼？

　　記住！千萬不要把主角強塞進預設情節中，而是要讓你的情節隨著主角動機而自然開展。

　　主角的行動和欲望會引爆故事中的衝突。

• 誰想要阻止主角達到目的？

　　這種角色就是所謂的反派，千方百計要阻止主角成功的敵人。記住！你也要賦予反派角色動機，才能讓故事更具可信度。角色間的衝突通常會出現在他們擁有共通目標，或是理念不同的時候。

改變總是好的

　　千萬別把你創造的主角視為舞臺上的玩偶或傀儡，把他們當成活生生的人，思考他們在故事歷程中會有哪些發展和改變。對主角來說，劇情發展就像一場探索之旅，在這趟旅程中，他們將探索自我，發現關於自身的事情，而這些經驗也讓他們隨之改變。

角色的祕密檔案

利用以下提示，為故事中的主角、反派或其他關鍵角色製作祕密檔案。

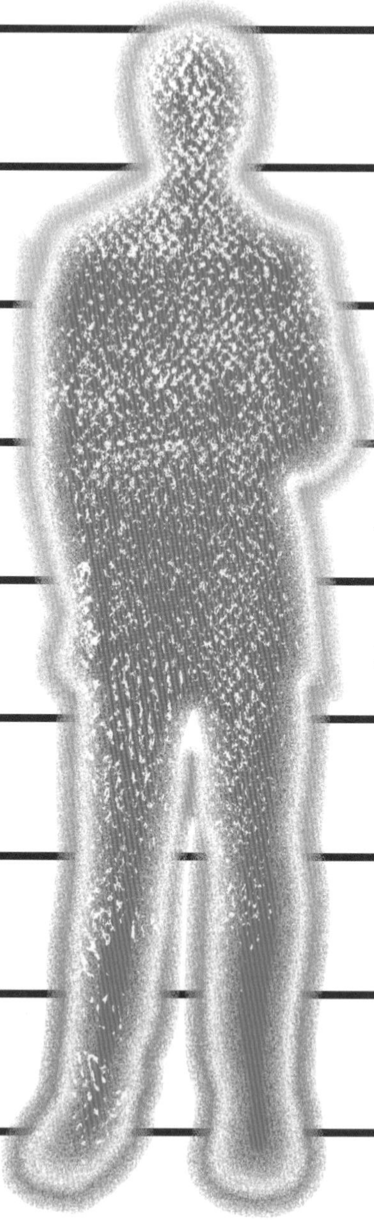

說話方式
（例如：輕聲細語、嘲諷的、浮誇的……）

具辨識度的特徵

生理特徵
（例如：身高、體格、髮色等。）

習慣或怪癖

角色名稱

優點或長處

角色的需求

角色想要什麼？

口頭禪

角色的內在感受

角色的外在行為

角色的恐懼

角色的動機

弱點

其他人如何看待這個角色？

這個角色將會有何改變？

進入角色的內心世界

你的角色不能缺乏立體感。就像在真實生活中，從外表看到的行為未必能反映真實的內心世界。身為作者，你可以直接和讀者分享角色的念頭和情緒，也可以透過描述他的行動和決定來讓讀者知曉。

梅姬·史蒂芙薇特說：

我塑造角色的方法是：先找一個真實人物作為原型，接著慢慢刪除這個人的某些特質，讓角色變得更好，最終形成一個只有我能創造出的角色。但是，他們肯定都要擁有一顆人類的心。

梅姬·史蒂芙薇特（Maggie Stiefvater）是青少年小說家、《渡鴉之城》（ The Raven Boys）作者

如果你寫的是犯罪小說，請務必仔細想想主角的動機。

如果你設定主角是位頭髮花白的警探，他調查犯罪案件就是天經地義的事。

但若設定的主角是個少女，你得在故事一揭幕就準備好她介入解決這宗犯罪案件的好理由。或許她的弟弟失蹤了，而她是看到他還活著的最後目擊者？

所以，要讓角色更可信，就需要描述他們做這些事的原因。

動機

一個人做某些事情的緣由。

29

賓貝斯　　　莫絲卡

透過對話揭露角色的目的和欲望。

伊蓮娜說：「可惡！可惡！可惡！我都還沒告訴你我為什麼喜歡你，現在我得掛電話了。」

他說：「沒關係的。」

她說：「因為你很善良，因為你聽得懂我每個笑話……」

「OK。」他笑了。

「你比我聰明。」

「我沒有。」

「因為你就像男主角。」她想得多快，話就說得多快：「你看起來就是人生勝利組。你好看又善良。你有一雙神奇的眼睛。」她低語說：「你讓我想吃了你。」

「你瘋了。」

「我得掛電話了。」她彎下身，讓話筒貼近電話底座。

帕克說：「伊蓮娜，等等。」

她聽見老爸走進廚房，聽到自己的心臟大聲怦跳，四處回響。

「伊蓮娜，等一下！我愛你。」

——《這不是告別》（Eleanor & Park）
作者／蘭波．羅威（Rainbow Rowell）

為角色命名

你幫角色取的名字將影響讀者對他的觀感。

如果你寫的是英勇戰士大戰噴火龍，但主角名字太普通，讀者八成不會對這故事買帳！

幫角色選擇的名字反映了你賦予他的特質。你可以在幫嬰兒命名的書籍和網站中，找到每個名字的由來和原始意涵。

何不幫你的勇士取名卡締爾（Kadir）？這名字代表「充滿力量」；或是為英雄角色忠心耿耿的夥伴命名為亞當（Alden），意思是「老友」。

如果故事背景設定在古代，參考歷史資料，找到那個時代常用的名字。

如果故事設定在現代，翻閱報章雜誌有助於挑選角色名字。

J. K. 羅琳說：

我喜歡創造新名字，也喜歡蒐集特殊的名字，如此一來我就可以從筆記本中為新角色挑選一個適合的名字。

J. K. 羅琳是「哈利波特」（Harry Potter）系列作者

尤瑞拉

藍甲蟲

索利那

當你選擇角色名字，記得審慎考慮不同名字和文字間的關聯。下面這段文字摘錄自法蘭西絲·哈汀吉的小說《厄夜奔逃》。小說中剛出生的女英雄由父親奎廉恩·麥為她取名莫絲卡。

「取名字很重要！」保姆抗議著。

「沒錯！」奎廉恩·麥說：「但準確也很重要。」

「一小時的一半是什麼？這樣說，沒人知道她直到日落才出生。你想想看，一個和太陽之子聖伯尼非斯同一天出生的孩子。你可以叫她尤瑞拉、索利那或賓貝斯。有很多為太陽之女取的可愛名字。」

「你說得沒錯！但是毫不相關啊！而且日曆上顯示，黃昏過後就是神聖的聖帕皮多紀念日。他是專門趕跑果醬和奶油罐上蒼蠅的人啊！」

奎廉恩·麥從書桌上抬起頭，看見保姆正氣呼呼的瞪著他。

「我的孩子是藍甲蟲。」他堅定的說。

保姆的名字是賽勒芮·杜拿克。她出生在聖葵芙麗克紀念日。聖葵芙麗克專門確保花園中的蔬菜新鮮清脆。賽勒芮這名字最重要的含義就是強壯有力。她的眼睛黯淡、柔軟又溼潤，就像剝了皮的葡萄。但這時候，卻像兩顆頑固又堅硬的子彈。奎廉恩·麥有顆思慮縝密的腦袋。他的思維布局宛如一綹羽毛。賽勒芮的話像一片來自外太空的葉子，一顆淚珠般的落入他的腦海。他的眼睛深沉又迷濛，就像暗灰色的玻璃。

賽勒芮兩顆葡萄似的眼珠，望進奎廉恩·麥暗灰的玻璃眼，只能看見她無法理解的空無。

「我就是要叫她莫絲卡，討論到此結束。」麥說。算了！莫絲卡總比為蒼蠅取的老土名字強，也比蜂鳴器或飛蛾這種名字好多了。

——《厄夜奔逃》(*Fly and Night*)
作者／法蘭西絲·哈汀吉 (Frances Hardinge)

建構故事中的世界

當 讀者踏入故事裡，你必須說服他們相信你所創造的世界真實存在著。也就是說，你必須先信以為真，認真對待每個被寫出或沒被寫出的細節。

繪製一張地圖

當你要創作奇幻故事時，一定要畫一張地圖，協助你將建構出的奇幻之境視覺化。J. R. R. 托爾金在開始撰寫《哈比人歷險記》（The Hobbit）之前，就先描繪出一張分布著山脈、河川和森林的中土世界地圖。當中土世界不斷擴張，也為 J. R. R. 托爾金帶來新場景和新故事的靈感。

編造歷史

想想故事世界中的歷史。

當讀者翻開第一頁時,你創造的故事背景中曾發生過哪些事件?

如果你寫的是《飢餓遊戲》(*The Hunger Games*)那種反烏托邦未來世界的故事,角色為了生存,必須和死亡戰鬥,你就要自問:「為何生活會落得這般田地?」等問題,這能幫助你建構更真實的世界。

維持真實感

即使故事設定的時空背景是讀者熟悉的,你仍然必須考慮到故事中的所有細節,才能讓它像鏡子般反映真實世界。

不過千萬要小心!別對當紅歌手著墨過多,或是著重描寫當下的流行玩意,這些資料可能會讓未來的讀者無法理解。

視覺化故事的世界

　　請使用以下的關鍵詞，幫助你將故事世界視覺化。不同文字會讓你聯想到哪些點子？想想如何把點子融入故事中。

　　記得也要評估你的決定會如何影響結局，以及你的選擇怎麼影響角色的生活。例如當你設定的世界中人人都有魔法，你會需要制定何種法律來管理人們使用魔法？

＊編按：蒸氣龐克（Steampunk）是一種科幻題裁，著重於表現20世紀80至90年代初工業化的世界，以蒸氣為動力的科技達到巔峰，構築出一個超現實的科技世界。大部分的架空世界以歐洲社會為背景，懷舊與崇尚未來科技的風格並存。小說《地心歷險記》、《海底兩萬里》、《環遊世界八十天》都是蒸氣龐克的代表作品。

地景

地理　**哥德式**

語言　地底

教育　禮儀　溝通　維多利亞時代　　　　　　　　　疾病　巨型結構

再生　未來　神奇　時尚

工具　信仰　動物　外星人　異國風情　市區　　　烏托邦　**原料**

能源　家族　蒸氣龐克＊　科技　　　　　　　　　　**山脈**　反烏托邦

古老　武器　貧民窟　　　　　　　　　　　　　　　　荒涼

環境　中世紀　　　　　　　　　**月球　犯罪**　科技

友誼　　　　　　　　　　　　　　　**歷史　城邦**

原始　**社會問題**　　　　　　　　　　　　過往　政府

當代　廢墟　　　　　　　　　　　建築　**文明**

工業　旅行　**行為**　　　　　　　　　　　**法律**

建造　貿易

運輸

靈感

　　如果你身陷尋找靈感的困境，建議瀏覽「釘圖」*或其他網路工具，幫助你找到增添角色形象或環境風貌的影像。

- 故事中的角色會怎麼穿著打扮？
- 他們居住的地方是什麼模樣？

　　你可以開一個叫做「氛圍」(mood board) 的檔案夾，把蒐集到的圖片、摘文和其他靈感素材通通放在一起，幫助你想像故事中的世界。

傑夫・諾頓說：

不管你正在寫哪種故事，關鍵在於你必須小心建構角色所置身的世界。才能引領讀者進入一個更豐富、更能理解的天地，讓讀者津津樂道並想再度造訪。

傑夫・諾頓（Jeff Norton）是作家、編劇製作人、娛樂媒體公司AWESOME創辦人

*編按：釘圖（Pinterest）是一種應用程式，可在電腦和手機上使用，可作為個人創意和專案工作的視覺探索工具。釘圖提供圖片分享的平臺，並有按主題分類和管理圖片收藏的功能，也能當成與好友分享的社群。

想像的空間

開始動筆之前，千萬別認為你必須對這個新世界無所不知。記住！你是寫小說，不是記錄歷史！最重要的是，專注在你所描繪世界的重要層面。記得設計一些留白，讓讀者運用想像力來填補。

J. R. R. 托爾金說：

我總是有種感覺，我在記錄某處真實存在的地方，而非我所虛構的場景。

J. R. R. 托爾金（J. R. R. Tolkien）是作家、詩人、《哈比人歷險記》（The Hobbit）、經典奇幻作品《魔戒》（The Lord of the Rings）和《精靈寶寶》（The Silmarillion）作者

避免垃圾資訊！

當你寫作時，可利用動作和對話減少故事中的細節描述。但是，千萬避免堆砌資訊垃圾！這會讓讀者淹沒在汪洋般的資訊量中，忘記你正在說故事。建構世界的目的是要豐富故事，而非取代故事。

M. 約翰‧哈里森說：

一本科幻小說的每個瞬間，都得展現成功的寫作應超越既有世界。

M. 約翰‧哈里森（M. John Harrison）是科幻小說家

萊妮‧泰勒說：

我認為就算在奇幻作品中，創造文化意識也對於那個世界的建構非常重要。

萊妮‧泰勒（Laini Taylor）是「煙與骨的女兒」（Daughter of Smoke and Bone）系列作者

仔細閱讀以下摘文，你能從作者設定的世界中學到什麼？

這個家屬於從牆另一邊來的人。奇蹟並沒有降臨在他們身上，於是他們終於發現，自己一開始就站錯邊了！

——《牆》（The Wall）
作者／威廉‧薩克利夫（William Sutcliffe）

常受暴風雨吹打的東北海上，有座孤山之島名叫弓忒，它的山巔拔地有一哩之高。島上出身的巫師很多，遠近馳名。

——《地海巫師》（A Wizard of Earthsea）
作者／娥蘇拉‧勒瑰恩（Ursula K. Le Guin）

「你這傢伙，別打斷我！」艾爾比大叫。「怪咖，如果我們告訴你迷宮幽地發生的所有事，你肯定嚇得尿褲子，當場死亡！把你的屍體裝袋打包後，你對我們就一點用處都沒有了。」

——《移動迷宮》（The Maze Runner）
作者／詹姆士‧達許納（James Dashner）

選擇視角

開 始寫故事前，作者得做一個重大決定。你要如何講述你的故事？你選擇的視角，將會影響要描述的細節和讀者對故事的回應。

誰來說故事？

先想想誰是故事中的主角？就是那個讓故事往前推進，以及對遭遇事件產生反應的人。舉例來說：

若你寫的是驚悚小說，情節是一名間諜發現了一樁暗殺總理的陰謀，沒想到他隨即遭到陷害，捲入犯罪嫌疑，導致他必須逃亡。

如果能清楚定義故事中的單一主角，那麼他就是你要說故事的角度。

第一人稱視角

　　所謂第一人稱視角就是想像該名角色拿著攝影機，正在把你寫的故事拍成電影。每個場景都必須透過他們的眼睛觀看，讓讀者在情節轉折時，直接得知他們的念頭和感受。

如果你寫的是鬼屋探險的恐怖片，使用第一人稱能增加懸疑感，因為敘事者並不知道他在下個轉角處會遇見什麼⋯⋯

　　然而第一人稱也有缺點，這種方式會限制你分享給讀者的資訊，唯有敘事者在現場，你才能描述他目擊的場面。若你想讓讀者比主角早一步獲知關鍵訊息，故事就卡住了。

進入敘事者的內心

當你採用第一人稱，你的敘述得展現主述者的口吻和特質。你可以運用以下問題，幫助你從他們的角度看待故事中的場景。

主述者起初對這場景有何感覺？
為什麼？

一開始他在這個場景中掌握哪些重要訊息？

有哪些重要資訊是他不曉得的？

他猜測接下來會發生什麼事？

他希望在這裡發生什麼事？

有哪些狀況出乎他的意料之外？

他有哪些感受？為什麼？

他將遇到哪些其他角色？

他對這些角色的感覺是什麼？

他如何看待這場景中發生的事件？

場景結束後，
他的感覺如何？

我和我自己

即使故事不止一位主角，你仍然可以使用第一人稱。

如果你的故事是《羅密歐與茱麗葉》這類愛情故事，你就必須從雙重主角的視角說故事。怎麼做？你可以讓主角在不同章節中輪番上陣，就能敘述各別的故事版本了。

如果你寫的是銀行搶匪犯下致命錯誤的驚悚劇情，你也可以從幫派中不同角色的視角去描述搶劫的情節。

不過在單一故事中，讓不同人都使用第一人稱的交替寫法，很容易讓讀者出戲或感到混淆。確保你做出的是正確抉擇，並且在嘗試前就要有能駕馭這種寫法的自信。

蘭斯·魯賓說：

我超愛用第一人稱寫故事，讓我感覺自己就像和最狂放不羈的朋友廝混，如果這朋友挺有意思，我就會繼續讀下去。

蘭斯·魯賓（Lance Rubin）是青少年小說家

在湯姆・艾倫和露西・伊凡斯的小說《絕對任務》中，書中兩大主角莫斯和傑克輪流在不同章節中講述了同一個故事。不過，作者在章節中標示出名字，讓讀者可以清楚知道現在是誰在說故事。

莫斯

「你不可能永遠待在那裡。」

我誇張的翻了個白眼，雖然明知她看不到我，也不能爬進我塞滿衣服的浴缸裡。我交叉雙臂躺在浴缸中，宛如正在打盹的吸血鬼。下一刻，草本洗髮精的瓶子掉落在我頭上。

我終於認知到住在浴缸裡並非長久之計，這行動就像臨終前的沐浴一樣絕望。很多時候，我不是想從窗戶跳出去，就是想從沒上鎖的門偷溜離開，只是我不夠勇敢。我猜想是否有人能把自己反鎖在浴室，然後大獲全勝的走出來。

傑克

每次校外教學時，我們三個都坐在校車中間，我們天生就該坐在我們的專屬位置。因為我們不會不識相的坐到前面，那太接近老師了。我們也不夠酷，絕對不敢坐在後面，去挑釁足球員和怪咖。我們從頭到尾走的就是溫和路線。

——《絕對任務》（*Never Evers*）

作者／湯姆・艾倫（Tom Ellen）和露西・伊凡斯（Lucy Iveson）

菲力普・普曼說：

我習慣用第三人稱寫故事，也不會考慮敘事者是男是女，或者是老是少、是聰明或愚笨、多疑猜忌或容易輕信、純真無邪或飽經世故……全都一樣。我的敘事者甚至不限人類，也可能是精靈。

菲力普・普曼（Philip Pullman）是「黑暗元素三部曲」（*His Dark Materials*）系列作者

第三人稱視角

所謂的第三人稱視角，就是由一名敘事者而非故事中的任何角色去訴說故事。你必須使用第三人稱代名詞，例如他、她、它或他們來說故事。第三人稱有兩種不同形式，一種是「有限的敘事視角」，另一種是「全知敘事視角」。你必須小心選擇最適合的方式。

第三人稱限定視角

亦即敘事者從某個角色的觀點來說故事。絕大部分小說都採用這個形式，通常是以主角的視角來描述，讀者可以獲悉角色的想法和感覺，較接近第一人稱。但是，敘事者可以自由進出發掘資訊，所以他和主角仍然保有較多的距離。

第三人稱全知視角

如果你採用全知敘述視角，你便無所不知。採用此形式寫作，讀者可以透悉每個角色的想法。簡單來說，就是讀者不只從單一攝影機觀看場景事件，而是在不同的攝影機之間轉換視角。每臺攝影機就像在大腦上裝了讀取麥克風，讀者可隨時掌握各個角色的想法和感受。

知名天才兒童柯林‧辛格頓在高中畢業時，第十九次被名為凱薩琳的女孩拋棄。第二天早晨，他泡了熱水澡。他喜歡泡澡更勝於淋浴。他的人生基本原則之一就是：可以輕鬆躺著做的事，就絕對不要站著做。水變熱之後，他爬入浴缸。他坐著看熱水淹過身體，表情異常呆滯。熱水緩緩覆上他在浴缸裡交叉折疊的雙腿，交錯、蜿蜒的充滿浴缸。他隱約察覺到，自己的身體對這個浴缸來說太長又太大。他看起來就像即將成年的人刻意扮成小孩子。

——《再見凱薩琳》(*An Abundance of Katherines*)
作者／約翰‧葛林(John Green)

找到自己說故事的方式

不管你以第一人稱或第三人稱撰寫故事，你都在使用敘述的聲音。如果你採用第一人稱，就要讓主角的特質更加突顯。

如果你的敘事者是九歲小學生，你得知道他描述事件或感覺時用什麼字眼或語氣。

你不會設想這名小男孩形容遊樂場擠滿人潮時，會用「學生蜂擁而至」；或是以「焦躁過頭」這樣的字眼來描述很興奮的情緒。

　　記住！你選擇的詞彙要能恰當對應敘事者的年齡、背景和知識程度。此外，你為敘事者所創造的聲音，也能傳達他們對人、事、物的態度。

如果他們以「無聊」來描述老師，那就表示敘事者對老師說的話不感興趣。

不同的聲音

　　如果你的故事有多重敘事者，你就要讓每個聲音更獨特。就像犯罪驚悚小說中，警探和壞人會輪番敘述謀殺案。試著利用他們表達的方式突顯各別敘事者的特質。例如凶手一開始的敘述冷靜、充滿自信，但是當警探追蹤到線索的時候，他們的聲調就開始越來越緊張。

你也可以讓架構句子的方式隨每個敘事者改變。例如一個敘事者話語簡短，另一個則用辭繁複。

　　記住！字彙、句子結構和寫作風格，都能幫助你營造出角色獨特的敘述聲音。

使用合適的語調

你為敘事者選擇的語調，也會改變他對事件的反應。你必須從敘事者的視角觀看故事世界，才能幫你捕捉他們的聲音。

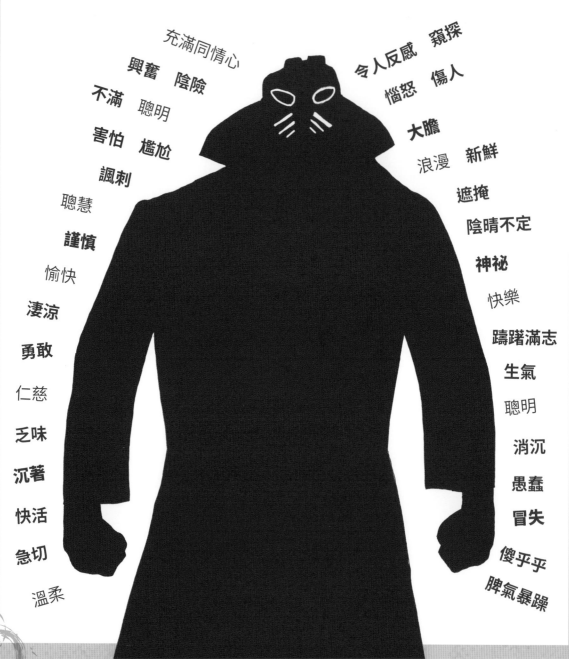

充滿同情心　令人反感　窺探

興奮　陰險　惱怒　傷人

不滿　聰明　大膽

害怕　尷尬　浪漫　新鮮

諷刺　遮掩

聰慧　陰晴不定

謹慎　神祕

愉快　快樂

淒涼　躊躇滿志

勇敢　生氣

仁慈　聰明

乏味　消沉

沉著　愚蠢

快活　冒失

急切　傻乎乎

溫柔　脾氣暴躁

作者的聲音

如果你選擇第三人稱來說你的故事，這也是一種敘述的聲音。但是，我們一般不會說是「角色的聲音」，而是說「作者的聲音」，這是一種獨特的寫作風格。作者可以用這個方式來說一個特別的故事。

有時候，你可以用故事所屬的特殊類別，來辨識「作者的聲音」。

如果你寫的是武打故事，你可能會用簡潔的句子和語言，幫你創造強硬的語調。

如果你寫的是爆笑故事，你可以多使用括號或漫畫旁白，來增加故事的幽默感。

所以，先閱讀你要寫的小說類型，仔細研究作者們如何創造「作者的聲音」。

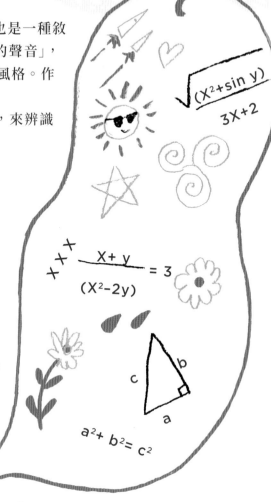

$$\sqrt{\dfrac{(X^2 + \sin y)}{3X+2}}$$

$$x \times x \quad \dfrac{X + y}{(X^2 - 2y)} = 3$$

$$a^2 + b^2 = c^2$$

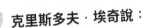

克里斯多夫・埃奇說：

如果你選第一人稱寫故事，你要先決定讓哪個角色來說故事。你選擇的文字看起來像這個角色會說的話嗎？有時候把你寫的故事大聲讀出來，有助於你捕捉和維持一種令人信服的敘述聲音。

克里斯多夫・埃奇（Christopher Edge）是《阿爾加・布萊特的繽紛世界》（*The Many Worlds of Albie Bright*）和本書作者

仔細瞧瞧這些摘文創造的不同聲音。
哪個敘事者讓你印象最深刻？

我的名字是哈瑞特‧梅勒斯，我是個天才。

我知道我是天才，因為我在網路上看過天才的特質，我幾乎囊括每一項。

根據社會學研究顯示，天才具有的非凡特質包括沉溺無意義的娛樂、對無人關注的事情具有非比尋常的記憶，以及對社交極度無能。

我不想讓人感覺我有大頭症。但是昨晚我把廚房中的湯罐頭按字母排列、訓練自己用腳趾夾起鉛筆，我還學到原來難可以直視太陽45分鐘，比人類還厲害。

而且人們通常都不會太喜歡我。

所以，我覺得這點我做得很完美。

——《閃爍者》（*All That Glitters*）
作者／霍莉‧斯梅爾（Holly Smale）

課堂一開始，我們的老師科諾莉小姐總是說，先談談你的故事，讓我們透過乾淨的窗戶看清世界。雖然我沒認真想過她是什麼意思。但是，班上沒人敢把我們穿透霧氣濛濛的玻璃所看到的東西寫出來，即使科諾莉小姐也不例外。我也勸你最好別看。如果非看不可，最好安靜的看。我從沒蠢到把這些事情寫下來，更不會寫在紙上。

即使我能，我也不會。

你知道嗎？我不會寫自己的名字。

斯坦迪什‧崔德威。

我不能讀，也不會寫。

斯坦迪什‧崔德威一點都不聰明。

——《月球狂想曲》（*Maggot Moon*）
作者／莎莉‧迦德納（Sally Gardner）

聲音的實驗

你可能沒辦法馬上找到最適合的聲音來說故事，或許你已經以第三人稱視角寫了故事的第一章，然後就卡住了，覺得不太對勁。這時候，嘗試選一個角色，從他們的角度重寫這一章。

這是否改變你對故事的感覺？

記住！你的敘事者不一定是主角。在亞瑟・柯南・道爾的福爾摩斯故事中，他常常透過華生醫生的眼光去描述福爾摩斯的冒險。你可以試著用敘事者的觀點寫信、電子郵件或部落格，這樣做能幫助你捕捉他們的聲音。你甚至可以把這些聲音放進正在創作的故事中。

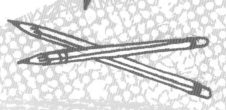

以下摘文的哪個敘事者最令你印象深刻？這個敘事聲音，是否有啟發你書寫這類故事的靈感？

就世界所關心的程度而言，我過得很好。當我和父親一起，而他正接待著那些從國外來的議員或大使時，我管住舌頭，一聲不吭，盡力讓自己看來一副聰明樣。他們對我眨眼睛，試圖找些話題和我閒聊，但是，我一句話都沒說。我的臉看起來很乖巧順從，他們對我的想法一無所知。

——《數字八的祕密》（VIII）
作者／H. M. 凱斯特（H. M. Castor）

從廁所走回來的這段時間，讓我有機會好好思考雪克的威脅。這太糟了，實在是糟透了。我現在就如同一隻斷腿的牛，身陷亞馬遜河，等著第一隻食人魚循血腥味而來。

——《哈囉！黑漆漆》（Hello Darkness）
作者／安東尼・麥克高威（Anthony McGowan）

把描述織進故事中

創造故事需要兩人一起合作：一個是讓故事躍然紙上的作者，一個是讓故事在腦海中鮮活搬演的讀者。所以寫作時務必審慎思考如何描述每個故事場景。在小說中，透過成功的描述才能將角色、背景和行為串組成形，讓故事不斷往前推進。

細節就是王道

試著找出讓每個場景栩栩如生的關鍵細節，這些細節對故事情節非常重要。例如描述故事中的重要角色正使用一把刀切菜，當來到最後場景，那把刀竟然成為凶器。

另外，你選擇的細節也會成為讀者快速掌握角色和場景的捷徑，精挑細選的一個小環節能幫你營造場景的情境和氛圍。

從揚起眉毛的動作，到角色在空蕩幼兒園中發現吱嘎作響嬰兒床的疑惑，你描述的所有細節，可能令讀者發笑、不寒而慄或驚訝，同時，也會影響他們對場景的反應。

注意！別用多餘細節造成讀者負荷過重。聚焦在那些能幫你訴說故事的細節就好了。

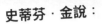

史蒂芬‧金說：

描述始於作者的想像，但是
應該由讀者來完成。

史蒂芬‧金（Stephen King）是驚
悚、幻想和超自然小說家

編織　　描述　　進入你的　故事

編織　　描述
進入你的故事

梅格‧羅索夫說：

當你閱讀一本書時，你的腦神經處
於長時間極度興奮的狀態，你得決
定角色的穿著、站姿，或初次接吻
的感覺如何？沒人能展示給你看，
而文字將成為所有線索，一切全得
靠你的腦袋描繪出書中圖像。

梅格‧羅索夫（Meg Rosoff）是青少年小
說家

全新的感官體驗

你也可以藉由吸引讀者的感官，透過視覺、聽覺、觸覺、味覺和嗅覺，讓他們感受角色的經驗。試著利用以下的文字，幫助讀者體驗你描述的事件。

狂吠　嘟嘟聲　嗡嗡響
喋喋不休　鐘聲鳴響　嘰嘰喳喳　叮噹鈴響
叮咚聲　嘶啞　啪啦裂開　滴落　嘶嘶聲　沙沙作響
淙淙　噓聲　琤琤　呻吟　刺耳刮聲　嘎嘎作響　窸窸窣窣
咆哮　砰的一聲　啁啾　軋軋聲　刺耳尖叫　粗聲粗氣
沙啞　尖銳聲　微弱稀薄
細弱無力

辛辣　苦
酥脆　泥土味　新鮮　發霉
有麝香味　有霉味　油膩　嗆辣
鮮明　餿腐　酸　凝滯不流動　芬芳
香氣四溢　臭烘烘　芳香　散發惡臭　腐爛
帶有惡臭　汙穢不堪　令人噁心
酸蝕性　燒焦　火熱　圓潤
金屬質感　味道豐富

顛簸　粗糙　彎曲
耀眼奪目　沉悶無趣
微光閃爍　平坦
色彩斑斕
半透明　廣闊　細瑣
坑坑洞洞　光滑
嬌弱　堅不可摧

粗礪的　黏糊糊的　柔軟的　溼透的　滑溜溜的
粗硬的　蓬鬆的　粗糙的　滑順的　皺巴巴的　乾燥的　羽毛似的　潮溼的
精細的　有顆粒的　毛茸茸的　溼潤的　紙質的　崎嶇不平的
橡膠般的　黏稠的　絲滑的　光滑的　柔軟的　鬆脆的　海綿狀的
塊狀的　泥濘的　黏膩的　細繩狀的　彈力十足的　纖維光滑的
天鵝絨般的　羊毛製的

描述角色

　　你可以透過精密細節的描述，塑造出讀者「看見」的角色。這不僅是指角色外表的細節，也包括了你如何藉由文字描述傳達他們的動作和心情。

　　你呈現細節的順序，也會影響讀者腦海中創造的圖像。

如果你正在寫一本關於太空會議和外星生活的科幻小說，不要光是長篇大論描述外星人水晶似的藍眼眸，但直到故事最終都沒提到牠們有八隻觸手！

　　這將會完全改變讀者起初在腦海中描繪的圖像。因此，你的描述一開始就要鎖定最明顯的細節。

描述背景設定

　　先想想你要把場景設定在何處？如果這是公園或遊樂園這類讀者熟悉的地方，接下來就必須打造令這場景逼真生動的細節，例如以鐵鍊壞損的鞦韆呈現出關閉的遊樂園景象。

精緻的細節能讓讀者腦海中浮現獨特畫面，而非對一般場景的泛泛印象。

　　如果你描述的並非讀者熟悉的場所，而是如歷史場景或夢幻國度，那麼你需要更龐大的細節描述，才能讓讀者將場景視覺化。你可運用寫實細節，例如描述油脂蠟燭那股飄忽的難聞氣味，便能讓中世紀城堡的氛圍在讀者腦海中呈現。

描述性的細節有助於傳達角色和故事背景的感覺。第一段摘文中,你認為蒙哥馬利‧富林屈的感受是什麼?哪些細節令你印象深刻?第二段文章中描述的故事背景是哪一種?哪些細節幫你把故事設定更視覺化?

蒙哥馬利‧富林屈緊緊抓住講臺一角,當他瞪視著黑暗的禮堂時,他的指關節開始泛白。他短而粗的眉毛彎曲著,深色眼珠中的閃光似乎急速穿過每張觀眾的臉。舞臺上懸置著催眠般的沉默,宛如戲院自身也屏住呼吸,等待著他的最新故事,那令人毛骨悚然的結局。當富林屈終於開口,那期待的沉默益發的深沉了。

——《午夜前的十二分鐘》(*Twelve Minutes to Midnight*)
作者／克里斯多夫‧埃奇(Christopher Edge)

佛羅多和山姆以夾雜著驚奇和畏懼的心情看著這塊醜惡的大地,在他們和那座冒煙的火山之間,一切看起來全都是浩劫之後的景象,是一整片焦黑、死寂的沙漠。這塊土地的統治者究竟要如何餵養和照顧他的奴隸和部隊?但是,即使看來絕無可能,他還是擁有無比強大的軍力,沿著摩蓋外環一路往南延伸的是數也數不盡的帳篷。有些帳篷零散的分布,有些則是秩序井然像座小鎮,其中一個最大的營地就在他們正下方。

——《魔戒三部曲:王者再臨》(*The Lord of The Rings: The Return of The King*)
作者／J. R. R. 托爾金(J. R. R. Tolkien)

引導讀者

別把自己當作者，而要想像自己是位導演，電影的每個場景都是由攝影鏡頭組成，有強調重點的特寫畫面，也有能看到全景的廣角畫面。想想你應該如何利用類似的運鏡方式，透過描述引領讀者的注意力。

特寫鏡頭可以突顯單一的細節，例如殺人嫌犯顫抖的手。

當你描述一座浮空之城的絕妙建築時，你可以使用廣角鏡頭，帶讀者翱翔在城市的街道之上。

描寫每個場景的時候，想想如何移動攝影鏡頭，引導讀者聚焦在你意欲傳達的重點上。

如果你採用第一人稱寫故事，讀者會經由你的敘述角度體驗每個場景。想想這個角色關注的焦點會是什麼？

• 他們注意到什麼？
• 對他們而言，什麼是最在意或最重要的？

透過敘事者之眼去描述場景，會讓你展現這些角色對遭逢的人、事、物的態度，所以，一定要慎選你的遣辭用字。

記住！如果你早就介紹過角色或背景，就不須耗費太多時間複述，因為讀者腦海中已經有圖像了。反而該著力於如何將讀者注意力集中在其他細節——這些細節能輔助讀者建構或具象化故事中的人物或場所。

行動和後果

從羅曼史中的靜態發展，例如意外發現一枚戒指，到緊張刺激的驚悚小說中總統女兒被綁架的事件，任何能讓情節往前推進的，都屬於故事中的行動。記住！無論故事中的衝突或改變出現在哪，那裡就是你要掌握的行動之處。

維持真實感

寫出成功行動的關鍵在於——確保讀者真的關心角色所涉入的事件。

如果你讓你的英雄懸掛在峭壁邊緣，壞蛋正一腳踩在他手指上，你得讓讀者緊張喘氣，而非猛打哈欠。也就是說，讀者應該要對角色面臨的處境感同身受。

你必須想想，當行動展開時，身處其中的角色會如何行動和反應？千萬別為了讓你的英雄擺脫危險處境，就突然擁有了蜘蛛人的超能力。太多神奇的脫身方式，只會讓讀者感覺被唬弄。

保持角色的真實感，才能讓讀者相信你描述的情節。

好好研究現實生活，能幫助你寫出可信度高的行動場景。

如果想了解太空爆炸的聲光景象，不是觀摩《星際大戰》電影，而是徵詢科學家。

事實上，在宇宙真空狀態，任何爆炸都不會有聲音。一開始會有耀眼奪目的閃光，但是因為太空中沒有空氣以供延續，你在地球上根本看不見煙霧或火焰。

行動的描述

你選擇的動態描述會影響讀者對事件的反應。想想「驚慌奔跑」和「快速移動」這兩個敘述，在腦海中建構出的畫面差異。所以務必選擇最適切的用詞來描述事件。記住！也要依循你說故事的方式，決定要使用過去或現在的狀態來敘述。

跨越
躍過 攀升 扔擲
跟蹌 滾動 貼近 射擊 猛撞
壓縮 踢 排成一行 追蹤 齊步行進 奮力奔馳 緩步
砸向 飛跨過 猛擊 撞倒 推進 超前 飛奔
衝刺 齊發 皺眉 跋涉 蹣跚 痛打 大步邁進
投球 跳躍 衝撞 投射 扔出 磨蹭 跛行
拖曳 拂掉 高揮 燃起 怒視 踐踏
飛行 衝向 疾步 粉碎 毆打
戳刺 扮鬼臉 跳動 猛踢 驅趕
召集 發射 舉起 重擊
飛越 咧嘴而笑 咆哮 衝擊
敲擊 揍扁 跨步 丟擲
加速 排出 傻笑
澄清 竄出 譏諷
收取 計時

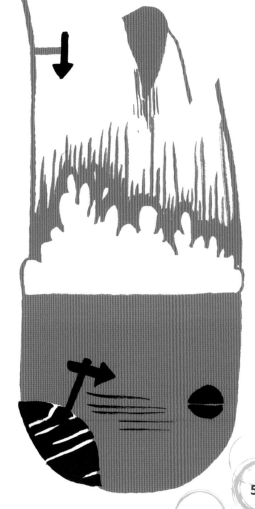

控制步調

　　每個作者都想寫出引人入勝的作品，然而，你的寫作方式會影響讀者的翻閱速度。如果你讓故事一開頭就發生戲劇化的事件，然後接二連三的又有令人情緒高漲的事情輪番上陣，直到故事發展到最高潮才結束……這種寫法會令讀者喘不過氣。

更成功的寫法是聚焦在對話和描述的慢鏡頭，去平衡強烈事件所造成的緊張感，讓讀者有機會緩和激動的情緒。

　　如果想加快敘述節奏，可以試試改變句子和段落長度。

簡短的句子能創造快速反應的動作感；長句子讓讀者慢下來，好好徜徉在細節中。

　　試著大聲朗誦你寫的句子，感受一下聽起來的感覺。

當行動展開時，有時角色可以解說該行動。這種在故事中說明的方式，不管用第一人稱或第三人稱都可行。使用這個技巧能讓讀者彷彿同步共享著角色的反應。

我抄起手邊最大的一本書，朝尼爾的頭用力打下去。他發出咕噥聲，雙眼因突如其來的疼痛而擠成一團。

我再度把書扔向他，書從頭蓋骨彈到另一側，發出砰的一聲巨響，尼爾雙手抱頭，跟跟蹌蹌的往後退。我用全身力氣衝撞高聳的書架，所有書架開始搖晃、傾斜，最後轟然倒下。書架搖擺晃動下，所有厚重書籍都凌亂的往前傾倒。尼爾對那些砸向他的書大聲尖叫，但是，更厚重的是書架。

——《強尼‧肯波的回歸》（The Return Of Johnny Kemp），作者／凱斯‧格雷（Keith Gray）

艾力克斯不敢回頭看。但是當奔馳的火車以時速105公里的速度抵達隧道口並衝進來時，他還是感覺到了。一道衝擊波猛然撞向他們，火車把沿路空氣都擠壓開來，以堅硬的鋼填滿空間。馬兒感受到了危險，以前所未見的高速飛快往前衝，馬蹄大步跨越鐵軌枕木。隧道出口就在眼前，然而，艾力克斯沮喪的絕望感讓他明白——他們來不及了。

——《純淨的起點》（Point Blanc），作者／安東尼‧赫若維茲（Anthony Horowitz）

演出來，別用說的

坐在電影院最前排觀賞好萊塢強檔新片，跟坐在咖啡館聽朋友敘述電影內容相比，你覺得哪一種比較刺激？當你撰寫故事時，務必讓讀者感覺自己宛如坐在電影院最前排，親身體驗動作效果。

嘗試用蘊藏的細節暗示和揭露故事，而非直截了當的告訴讀者。

比較以下兩種描述有什麼不同。「蘇菲將她的手指彎曲成拳，指甲戳進掌心。即便如此，她的臉上依然掛著笑容。」、「蘇菲試著隱藏她的挫折感。」第一句用細節描述展現了第二句要表達的內容。所以，如果你選擇恰當的細節，讀者便能從動作描述看到角色的情緒，你根本不必解釋角色的感覺。

避免陳腔濫調

如果你描述的飛車追逐，還在「輪胎發出緊急煞車的尖銳聲」，或是讓英雄毫髮無傷的從爆炸現場走出來，這些動作場面就太陳腔濫調了。你得找出嶄新的方式描述動作，才能吸引讀者的興趣。

非比尋常、意外的比喻或隱喻，能幫助讀者用獨特的方式描繪場景。

用蒲公英的種子描述爆炸噴射出的碎片，你覺得如何？

喬‧克雷格說：

每場單獨的打鬥戲或追逐戲，都必須要敘述故事。如果沒有故事，這一連串的行動將讓人感覺只有動作但毫無生氣。所以，千萬別把移動 (motion) 誤當成感受 (emotion)。

喬‧克雷格 (Joe Craig) 是「吉米‧克迪斯」(Jimmy Coates) 系列作者

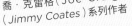

場景和轉化

故事是由無數的時刻和片段所組成。作者寫故事就是要創造場景——那種令讀者在放下書之後，腦海中仍不斷縈繞迴盪的場景。從《哈比人歷險記》（*The Hobbit*）中的五軍大戰，到《琥珀望遠鏡》（*The Amber Spyglass*）裡萊拉和威爾最後的離別，這些關鍵事件不僅推動故事情節往前，也增加戲劇性。

架構故事場景

當你打算將情節分割成數個不同場景時，得想好如何將這些場景串聯在一起。記住！不需要從頭到尾依序把每個時刻都展示給讀者看，而是可以前後跳躍，聚焦在重要片段。

每個場景都有其用意：或許是發生某件事，讓故事朝不同方向發展；也或許是情節一個轉折，揭露出某個特殊角色原來並非大家所想像……

請仔細思量如何安排場景順序。如果你撰寫的是推理驚悚故事或是令人心癢難耐的謎團，就需要能放置線索或製造張力的場景，且這些場景必須安排在行動爆發、引起驚心動魄的高潮之前。要讓故事帶來最大衝擊力，就千萬別害怕重新組織或安排故事場景。

晚開始，早結束

　　這意思不是要你寫完某個段落後就收工，或是只能在午夜撰寫故事。「晚開始」的意思是，每個場景一開展就要盡快踏入行動。舉例來說，如果你正在撰寫英雄到達鬼屋的場景，不要浪費篇幅描寫如何停車！想清楚該場景的重點，直接切入行動，才不會讓讀者因多餘的細節而感到厭倦。

* 關鍵行動一旦出現，就是這個場景要結束的信號。
* 不要用角色反應的每項細節描述去填滿行動。
* 直接切入下個場景，維持故事節奏。
* 試著用「敘事勾」作為每個場景的結尾。

　　所謂的「敘事勾」（narrative hook）可能是一句靈巧生動的對白，或是出人意料的轉折，吸引讀者繼續往下閱讀。

轉換場景

　　當時間、地點或角色視角改變時，你需要另啟新場景。當開始撰寫新場景時，讓讀者快速了解有哪些改變非常重要，例如說明新的時間點、地點或視角。想想如何利用或修改以下的語句說明改變。

二小時以後……

在附近……

今晚……

倫敦滑鐵盧站，尖峰時刻……

周一早晨的9點鐘，
海岸十分乾淨……

一段時間之後，
風景改變了……

幾小時前還陽光閃耀，
現在竟然下起大雨來……

現在已入秋了……

僅僅一星期之後……

過些時候……

蘿絲奔跑著穿越城市……

午後時分……

剛開始，每一天
看起來都一樣……

天空烏雲密布……

搭上火車……

雲端之上……

懸崖底下……

接下來的幾年……

九月底……

萊妮‧泰勒說：

絕對不要坐在椅子上，盯著空白頁或螢幕。如果你發現自己卡住了，繼續寫，別停下來。把任何和場景有關的事物都寫下來，寫下這些要比寫作容易多了。這也是一種讓你尋找如何進入故事的方式。

萊妮‧泰勒（Laini Taylor）是「煙與骨的女兒」（Daughter of Smoke and Bone）系列作者

看看下列作家如何快速引領讀者，讓他們獲悉場景設定的時間和地點。

第二天上午上學途中，我們一連遇到了四輛紅車，那表示這一天是幸運日。

——《深夜小狗神祕習題》（*The Curious Incident of the Dog in the Night-time*）
作者／馬克‧海登（Mark Haddon）

如今已是九月底了，植物腐敗的氣味瀰漫在空氣中，靜寂的落葉地毯傳來濃烈的麥芽味兒。

——《囚犯》（*The Prisoner*），作者／詹姆士‧瑞爾登（James Riordan）

前方一百英哩處，黎明曙光正灑落在環形公園，底部的層板上環繞著優美的草坪和花壇。

——《移動城市：致命引擎》（*Mortal Engines*），作者／菲利普‧雷夫（Phillip Reeve）

天剛拂曉，大家就在營地活動了。一小時後，我們朝難忘的遠征前進。

——《失落的世界》（*The Lost World*）
作者／亞瑟‧科倫‧道爾爵士（Sir Arthur Conan Doyle）

分割章節

　　有些作者喜歡在每次切換新場景時，開啟一個新章節。這是個效果良好的手段，如果是驚悚類型或冒險故事，使用篇幅較短又生猛有力的章節，確實能加快故事進展。

　　如果要在同章節中切換場景，通常會在頁面上使用空行來標示。當你想告知新場景將開始，也可以插入一些星號（例如＊＊＊），讀者就知道這裡是新的開始了。

丹・布朗說：

我通常會使用三種不同觀點來寫同一個場景，找出何種觀點最具張力、哪種寫法最能隱藏我想埋設的線索。歸根究柢，寫作的懸疑就是這麼一回事。

丹・布朗（Dan Brown）是暢銷小說《達文西密碼》（The Da Vinci Code）作者

跳躍式敘述和場景轉換

　　轉換視角、在時間軸前後移動和來回轉換地點，都是作者可自由在小說中運用的不同跳躍式敘述法。掌控跳躍式敘述的關鍵在於——你要確定讀者不會昏頭轉向。

　　該怎麼做呢？你可以使用場景的轉換來標示變化。短短幾個字，例如「後來……」就能提醒讀者時間已經改變了，你也可以用一整個段落描述新地點或新角色。總之，讓讀者將注意力放在關鍵訊息，就能讓他們不致迷失在故事裡。

倒敘

　　無論小說或電影，倒敘都是一種將時間回溯到故事開始之前的技巧，有可能是角色的記憶突然被觸發，或新場景述說的早期事件喚醒了他們的記憶。

　　記住！任何倒敘場景，在故事情節上都是重要的。我們會保存那些對我們來說最要緊的記憶，也就是倒敘需要提及的部分。你該如何寫呢？盡量讓文字簡短、場景活靈活現又充滿魄力，才能吸引讀者注意。你也可以透過轉換時空狀態顯示倒敘的進展。不過，不要過度使用這技巧，否則讀者很容易搞不清楚。

寫出 鮮活的 對話

當角色一說話，故事就活起來了。透過角色對話，作者不僅能讓故事往前推展，還能將2D平面角色變成3D立體人物。意即當角色談論意見、抒發情緒和行動時，讀者會感覺他們就像是真實存在的人。

來聊天吧！

寫好對話的關鍵在於——聽起來十分自然。別誤會了！不是要你寫天天聽到的那種對話。你在現實生活中聽到的聊天，人們會重複述說、省略一些字或在某些地方停頓，甚至舌頭打結。但是寫小說時，你需要編輯這些特質，並專注於捕捉每個角色說話的精髓。

如何做呢？試著模仿這種自然流動的交談風格，多數人聊天時不會說完整句子，有的人會耐心等待別人說完才開口；或者，也可以用角色說到一半被打斷，由他人接續講完的方式撰寫對話。

語調

對話可以傳達角色的感受和意念。作者可以藉由角色的談吐內容以及說話方式，來展現角色內心狀態。當你寫作時，試著在腦海中聆聽角色的說話語調。

例如你寫的是犯罪小說，便要考慮警探偵訊嫌犯時，會使用何種語調？

當嘗試誘哄嫌犯招供時，他的語調會是氣勢洶洶或飽含同情？

你可以使用「咆哮」或「嘆息」這類詞語展現角色說話的方式，「輕柔的」或「暴怒的」也不錯。但是展現角色情緒最有效的方法，還是透過他們所使用的詞彙。

當你寫下對話時，想想故事中的角色在那時會有何種情緒？他們想要什麼？感覺如何？當你的角色眼眶泛淚的說：「我很好。」這句話將呈現出與字面上完全不一樣的意思。

克里斯多夫・埃奇說：

我常常大聲朗讀自己寫的對話，這能幫助我發現根本不像是該名角色說話方式的拙劣用詞或文法。

克里斯多夫・埃奇（Christopher Edge）是《阿爾加・布萊特的繽紛世界》（ *The Many Worlds of Albie Bright* ）和本書作者

69

標示對話

　　讀者閱讀時，需要清楚知道現在是誰在說話。你可以使用代名詞或角色的名字，後面接上「說」、「問」或「回答」等動詞，就能讓讀者明白，例如「他說」或「艾利克斯回答」。下方這些動詞或副詞也可以用來說明角色說話的方式。但是，這些詞都是「直說」，而非「表現」，例如「我很好。」她悲傷的回答。然而，如果你能夠透過行動和對話來傳達，就盡量不要使用下列這些詞，例如「我很好。」她回應後，拭去眼角的淚水。

承認　　同意　　回答　　**爭辯**　　詢問　　喊叫

　　乞求　　開頭　　跟隨　　嚇唬　　**吹噓**　　哭喊

　　索取　　傻笑　　發出噓聲　　怒吼　　插嘴

大笑　　撒謊　　**咕噥**　　喃喃低語　　喋喋不休

懇求　　承諾　　提問　　回覆　　**反駁**

　　狂嚎　　**歌唱**　　尖叫　　吶喊　　大聲嚷嚷

嘆息　　咆哮　　抽泣　　威脅　　**哀號**

　　　警告　　嗚咽　　發牢騷　　耳語　　猜想

　　　吼叫　　**暴躁**　　生氣　　**悲傷**　　歡欣

恍惚　　悄悄　　安撫　　大聲　　渴望

　　開心　　趕忙　　迅速如飛　　感激　　暗示

冷淡　　隨興　　**悲傷**　　拚命　　**焦急**

　　　笨拙　　平心靜氣　　小心翼翼　　粗心大意

故意　　**渴望**　　**熱切**　　深情

　　　溫柔　　匆忙　　和藹　　神祕　　緊張

禮貌　　害羞　　**勉強**

行動和對話

太多對話卻缺乏行動，會讓故事讀起來就像廣播劇。你可以描述角色說話時的動作，就能讓對話更加生動。另外，肢體語言也提供讀者連結到角色想法和感受的線索。當某個角色說話時不停拉袖子，意味著他很緊張或很興奮。肢體傳遞的訊息也可強調或反襯角色所言的真實性。

現實生活不會因為你聊天而中斷，同理，故事中的行動也不應停止。你只要把事件發生的過程穿插在對話中描述，就能保持情節的節奏感。如果炸彈在場景中爆炸了，用「我的天啊……」這樣一句簡短對話，就能呈現出主角的驚訝和緊張感。

看看這位作家如何交織對話、行動和細節描述，提點出不同角色的情緒。

「奶奶？」我用不可置信的眼光瞪著她。但是，沒錯！我知道就是她。即使我打從四歲起就再也沒見過她。

她瞧著我，彷彿我是個行為古怪的傢伙。「當然！要不然還會是誰？這沒頭沒腦的對話該結束了，我可以進來了嗎？」

「不行！」我說。她看著我。

「你說什麼？」

「你不能進來。這是媽媽的房子，她不會讓你進來，這個家不歡迎你。」

她微笑看著我，就像我仍是個四歲小孩。她上次看到我，我才四歲。

「別傻了，小珍珠。」

「我是認真的。如果爸爸回來，發現你毫無預警的出現在家裡，他一定會很不高興。」我說。

她盯著我，挑了挑那修得猶如鉛筆線條般細的彎眉，驚訝的開口，「親愛的小珍珠，你想想是誰邀請我來的？他沒告訴你嗎？」

——《玫瑰送來的道別》（ *The Year of the Rat* ）
作者／克萊兒 · 佛妮絲（Clare Furniss）

捕捉角色

　　現實生活中，說話方式會反映一個人是誰，小說中的角色也是如此。

　　角色的背景——包括在哪裡出生？就學的地方？從事的工作？這些資訊都會影響作者呈現角色說話的方式。從方言到使用的詞彙，都為讀者提供了有關角色的線索。

　　多準備幾種角色聲音的表現方式，再決定最符合該特定角色的選項。例如故事中主角的手臂被巨石壓住了，若是醫生建議動手術，他會說：「為了讓你存活，我必須進行肘下截肢手術。」路過的樵夫則會說：「把你的手臂砍了，我才能救你！」

撰寫對話時，作者通常會在對話內容前後加上冒號和引號，其他標點符號則放在引號中間。對話標示也可以用來分開句子，或把句子放在結尾。在對話中，會用刪節號表示角色正在猶豫或語尾聲音逐漸微弱。若在對話最後一行用破折號，可以表達短暫中止。

「魔多的影子躺在遙遠的土地上。」亞拉岡說。
「薩魯曼已經被它打敗，洛汗王國已經被包圍了。」

——《魔戒首部曲：魔戒現身》（ The Fellowship of The Ring ）
作者／J. R. R. 托爾金（ J. R. R. Tolkien ）

「我不能……」他無法把話說完。
「自從你父親死後，所有事情都改變了。馬克變了，他就像個陌生人，我不知道要怎麼做，也不曉得該對他說什麼。」

——《外科醫生傑克》（ Bone Jack ）
作者／莎拉‧克洛（ Sara Crowe ）

唐‧卡拉梅說：

每個角色的音調都應易於辨識。為了達到這目的，你可以賦予角色口頭禪、他們專屬的詞彙和慣用語，或令他們顯得獨特的文法謬誤。也許他們習慣不說完整個句子或使用連續的句型。他們會過度的使用字彙嗎？他們會用髒話來表達觀點嗎？

唐‧卡拉梅（ Don Calame ）是「變蠅泳者」（ Swim the Fly ）三部曲和《唐‧凡賽斯的天賦》（ Dan Versus Nature ）的編劇和作者

「你在這裡做色麼？」他的腔調有種異國風，說「ㄕ」的時候聽起來像「ㄙ」。
「我……沒事。」我幾乎說不出話來。
「隨跟你在一起？」
「沒有人……老實說。」

——《追逐黑暗》（ Chasing the Dark ）
作者／山姆‧赫本（ Sam Hepburn ）

媽媽問：「現在不方便嗎？我可以等會兒再打給你。我不是很確定——」
「不——沒關係。」我說。「我只是——」
「你需要我等等再打給你嗎？現在不方便，對吧？」

——《我的第二人生》（ My Second Life ）
作者／菲耶‧伯德（ Faye Bird ）

「你應該要更常笑，笑容很適合你。」她側著頭。
「什麼事讓安東尼這麼傷心呢？」他轉移話題，「伊娃在哪？」

——《厭惡》（ Hate ）
作者／艾倫‧吉本（ Alan Gibbons ）

創造殺手級的開場

你只有一次開場的機會，所以務必要發揮最大效用。你選擇的序幕一定要能為你架構的世界做出絕佳導覽。

場景、角色和衝突

反烏托邦的驚悚故事使讀者隨行動沉迷劇情中，而奇特的愛情故事則塑造了令人難以忘懷的敘事旋律。由此可見，故事類型會影響作者選擇一本書開場的方式。

故事開場包括三個關鍵要素：場景、角色和衝突。不同類型的故事會以各異的方式來平衡這三大要素。

奇幻史詩鉅作《哈比人歷險記》的開場著重在場景和角色。作者 J. R. R. 托爾金先詳細描述了故事背景和主角比爾博·巴金斯，接著是隨魔法師甘道夫到訪而引起的衝突。

相反的，加雷斯·P·鐘斯（Gareth P. Jones）的驚險小說《喪葬店》（Constable & Toop）序幕聚焦在衝突。他一開頭就描述遭駭人凶殺的配角，甚至直到下一章才介紹主角。

要從哪裡開始寫？

　　不是每個故事都需要從頭說起。有些作家會以接近故事尾聲的事件當作開場，其他部分就用倒敘回溯，來說明故事如何發展至今；而有些故事始於故事開場前──在介紹觸發事件之前，作者一開始就先描繪背景，敘述主角每天的日常生活或身處的世界。

　　無論選擇何種開場寫法，務必確認開場具有足夠戲劇張力。你可以用行動來秀出你想介紹的角色和場景，以免讓讀者感覺自己就像在看靜態照片。開場的節奏，必須要帶讀者到故事起飛的那個點。

故事不是從這裡開始的。想想看，有可能是：兩個飽受驚嚇的女孩蜷縮在這塊陌生之地，睜大眼睛緊盯著他手中的槍。不過，故事也不是從這裡開始，故事開始於我第一次差點死掉的那時。

──《遙遠的距離》（*Far From You*）
作者／戴思・夏普（Tess Sharpe）

著名的開場白

有些讀者還沒讀完第一段，就把書丟開了。所以作者必須認真努力，從開場第一句就要勾住讀者。看看以下這些著名的第一句，哪一個會讓你想繼續讀下去？

他們說初夏的天空就像貓咪嘔吐物的顏色。

——《醜人兒》（*Uglies*）
作者／史考特·韋斯特費德
（Scott Westerfeld）

他們說人在臨死前，你的一生將會閃過眼前，但這件事並沒有發生在我身上。

——《還有機會說再見》（*Before I Fall*）
作者／蘿倫·奧利佛（Lauren Oliver）

正當我開始接受平凡無奇的生活時，不凡的事逐一發生了。

——《怪奇孤兒院》
（*Miss Peregrine's Home for Peculiar Children*）
作者／蘭森·瑞格斯（Ransom Riggs）

家裡的狗學會說話後，你發現的第一件事就是，狗沒什麼話好講。

——《噪反 I：鬧與靜》
（*The Knife of Never Letting Go*）
作者／派崔克·奈斯
（Patrick Ness）

我最好的朋友是罐子中的灰塵。

——《鴕鳥男孩》（*Ostrich Boys*）
作者／凱斯·格雷（Keith Gray）

黑暗中有一隻手，手上拿了一把刀。

——《墓園裡的男孩》
（*The Graveyard Book*）
作者／尼爾·蓋曼（Neil Gaiman）

我們去月球上玩耍，想不到月亮實在糟透了。

——《餵食》（*Feed*）
作者／M.T. 安德森（M. T. Anderson）

八月，一道勁風帶來鉛灰色的天幕，把七月像根蠟燭似的吹熄了。

——《杜瑞爾・希臘狂想曲1：追逐陽光之島》
（My Family and other Animals）
作者／傑洛德・杜瑞爾（Gerald Durrell）

在她一歲生日這天的清晨，有人看到她漂在英吉利海峽的水面上，當時她就躺在一個大提琴的琴匣裡。

——《屋頂上的蘇菲》（Rooftoppers）
作者／凱瑟琳・朗德爾（Katherine Rundell）

強尼從來不知道，為什麼他會開始看見死者。

——《強尼和死者》
（Johnny and the Dead）
作者／泰瑞・普萊契（Terry Pratchett）

萊拉和她的守護精靈躡手躡腳穿過逐漸昏暗的食堂，小心翼翼的沿著牆壁而行，避開廚房僕役視線可及之處。

——《黃金羅盤》
（The Golden Compass）
作者／菲力普・普曼
（Philip Pullman）

當我從黑暗的電影院走出來，站在明亮的陽光下，我腦中只有兩件事：保羅紐曼和搭便車回家。

——《小教父》（The Outsiders）
作者／蘇珊・艾洛絲・辛登（S. E. Hinton）

這是個晴朗而寒冷的四月天，時鐘敲了十三下。

——《一九八四》
（Nineteen Eighty-Four）
作者／喬治・歐威爾
（George Orwell）

喬・華特說：

開場第一句話必須把讀者從他們的腦袋中拉出來，帶他們到截然不同的地方。那是進入一個嶄新世界的開始。因此，任何書中的開場白都非常重要。

瓊恩・華特（Jon Walter）是《親近風》（Close to the Wind）和《我的名字不是星期五》（My Name is Not Friday）的編劇和作者

昨晚我爸爸在宴會上讓狗喝白蘭地喝到醉。如果被英國防止虐待動物協會知道，他就完蛋了。

——《艾德林・莫勒的祕密日記，13又3/4歲以上適讀》
（The Secret Diary of Adrian Mole, Aged 13 3/4）
作者／蘇・湯森（Sue Townsend）

敘事勾

作者可以用不同技巧吸引讀者進入故事。

如果用第一人稱，作者會在開場就讓敘事者直接引導讀者。這種方式能夠很快打造出角色的存在感，也讓讀者從開場就能跌進故事。

在我十七歲的晚冬，媽媽認定我得了憂鬱症。她的判斷理由大概是因為我很少走出家門、長時間待在床上、一再閱讀同一本書，而且耗費自己充裕的時間在思考死亡。

——《生命中的美好缺憾》
（ The Fault In Our Stars ）
作者／約翰‧葛林（John Green）

當皮爾和我拋開八月的炙熱陽光，穿過自動門，走進韋斯特菲爾德購物中心有冷氣的鄉村區，我說：「我喜歡和祖母住在一起的原因，是因為我可以一個人從這裡走到學校。」

——《百萬美金的同伴》（ Million Dollar Mates ）
作者／凱西‧霍普金斯（Cathy Hopkins）

另一種給予讀者不同角色存在感的方法，是採用對話來開場。這是個好法子，不僅可以設定局勢，同時也能表現出角色如何回應這個狀況。

還有一種以氛圍取勝的開場。作者會在這種開場中聚焦描述特殊場景或角色，有助於營造特定氣氛，例如不吉利的氣息，並為接下來的故事定調。

黑暗中，傑克站在老屋的地板上，看著自己的腳。老屋有三道門，他正站在最後那一道門外，閃爍的光突顯出這道門。他一動也不動，低頭凝視反射在鞋尖上那對新月形的光芒，看著細長強光沿著空蕩的地板邊緣一路延伸，從門縫流洩出的隱約光暈中，能看見一點點木頭的紋路。

——《十三張椅子》（ Thirteen Chairs ）
作者／戴夫‧謝爾頓（Dave Shelton）

從行動進行中的場景來開啟故事，能創造瞬間的刺激感。不用提供太多角色和場景的資訊，作者便能用事件撩動讀者，讓他們因好奇而想探索究竟是怎麼回事。

金屬地面排斥金屬。一個劇烈的震動正搖晃著他下方的地板。他從突如其來的震動中跌倒，只能手腳並用的倒退拖行。雖然空氣涼爽，凝結在他額頭上的汗珠，卻一滴滴落下。

——《移動迷宮》（The Maze Runner）
作者／詹姆士・達許納（James Dashner）

用問題和意想不到的景象拉開序幕容易激起讀者興趣，如果想採用這個技巧，你必須寫出完美的開場白。

鋼琴太晚到了，所以無法阻擋天塌下來。如果它早點到，事情或許會有個美好結局。就是因為它晚到，所以每件事都爭吵不休、七零八落，大家都被震驚得說不出話來。

——《在荒無人煙之處》
（The Middle of Nowhere）
作者／潔若婷・麥考琳
（Geraldine McCaughrean）

不管使用哪種技巧，確定故事開場能勾住讀者，讓他們繼續往下讀。

衝突和糾結

每個故事的核心就是衝突。若沒有衝突，偵探們可以在被害人屍體冰冷之前就解決每件謀殺案的謎團，而羅曼史中所有的悲劇戀人，都可以毫不費力的終成眷屬。無論你寫的是何種故事類型，你都需要確認有什麼衝突能讓劇情往前推展。

目標和障礙

在故事中，作者通常都會先思考主角想要什麼，這些需求和渴望會傳遞以下訊息：角色將採取的行動，以及面對狀況時的反應。例如在《魔戒》中，佛羅多的目標是要抵達末日火山，催毀魔戒。但是對立的反派角色目標相反，就會引發衝突，故事中的對立者就是索倫魔王，他想把魔戒據為己有。

記住！在故事進行中，主角的目標是可以改變的。

在《飢餓遊戲》中，一開始主角凱妮絲只是想保護家人安全。然而當進入遊戲，存活下來成為她的新目標。作者在主角達成目標沿途設置的障礙，以及他們克服障礙的過程，就成為把故事縫合在一起的衝突。

主角完成目標的過程拉越長，就越能增加故事的張力。

情節問題

　　想想如何分解故事情節。在每個場景中，你都能確認主角在這劇情點上的目標嗎？記住！角色可能擁有貫穿整個故事的主要目標，但沿途也會有其他支線任務需要完成。

　　記得在每個場景中，設定主角面對的困境、他們如何解決問題，或未能克服的難關。

對立者
敵對者；對手。

主角
戲劇或故事中的主要角色。

衝突的類型

　　故事給予你空間探索不同種類的問題和狀況：可能從青少年感覺與家人格格不入，到外星侵略者發動星際大戰。看看下列這些字，幫助你思考可以撰寫哪些衝突。

戰爭

壓迫

道德選擇

家庭問題

技術發展

環境變遷

誤會

政局不穩

關係

種族主義

成年

身分認同危機

恐怖主義

霸凌

爭執

克里斯多夫・埃奇說：

真實人生不會有年齡分級。故事幫助我們合理化這個世界，即使它無常又殘酷。

克里斯多夫・埃奇（Christopher Edge）是《阿爾加・布萊特的繽紛世界》（The Many Worlds of Albie Bright）和本書作者

內在衝突

　　有時候衝突源於角色自身。內在衝突指的是：角色的意圖和想法，在其信念和心情之間的掙扎。這種掙扎令他們無法完成目標。

　　想想主角的個性，這能幫助你辨識在故事中建構內在衝突的途徑。

・他們害怕什麼，有哪些個性上的弱點？

　・這些伴隨情況產生的衝突，你要安插在哪些點上？

　　迫使你的英雄做困難的決定，他們必須和自己的情緒和信念奮戰。這些內心的纏鬥會提升戲劇張力。

不公不義

犧牲

探索

極端主義

暴動

心魔

喪親之痛

自我探索

難民

艾力克斯·坎貝爾說：

最美的烏托邦伴隨著對生命的理解，那發生在我十六歲左右：如果沒有遠離，就不會知道生命旅程並非處處美好。

艾力克斯·坎貝爾（Alex Campbell）是《土地》（Land）和《9號雲朵》（Cloud 9）作者

場景和衝突

有時候故事的衝突源自場景本身。例如《魯賓遜漂流記》（Robinson Crusoe）或《神鬼獵人》（The Revenant）這種生存故事，呈現出角色和大自然的搏鬥。

這種故事或戲劇類型，能從角色戰勝了渺茫的機會開始寫起。

讓掙扎變重要。給角色一個必須為生存奮力一搏的理由，還有他們最後要達成的終極目標。

他們的目標可能是再次找到家人，或是向那個見死不救的人復仇。

例如反烏托邦的《飢餓遊戲》，呈現夢魘般的背景，讓角色活在暴虐無道的社會中。想想你的主角為何無法適應這個社會，就能從中發現故事衝突的起火點。儘管有時候故事是描繪未來世界，但依然可以探索當代議題，例如科技如何在你虛構出的世界中接管人們的生活。

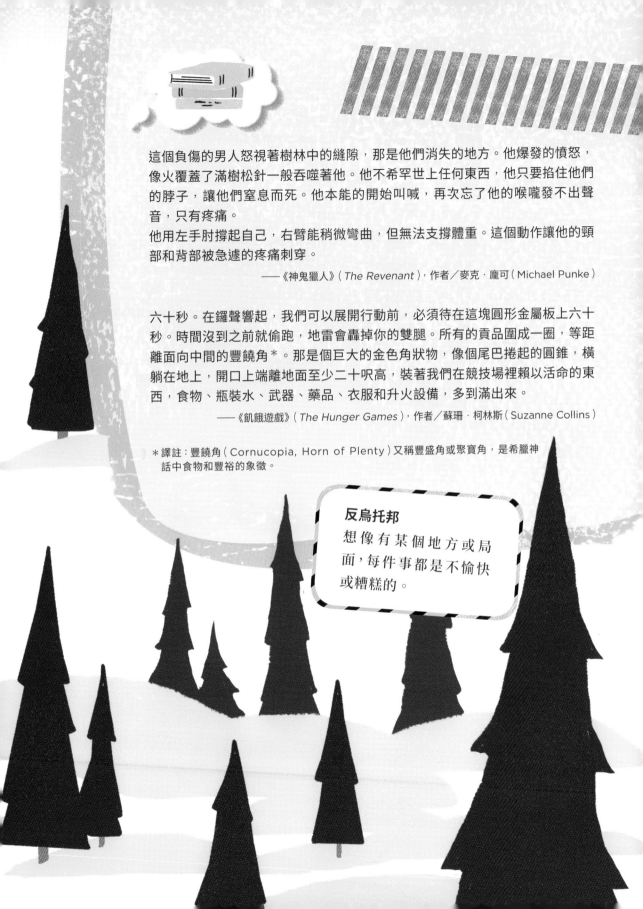

這個負傷的男人怒視著樹林中的縫隙，那是他們消失的地方。他爆發的憤怒，像火覆蓋了滿樹松針一般吞噬著他。他不希罕世上任何東西，他只要掐住他們的脖子，讓他們窒息而死。他本能的開始叫喊，再次忘了他的喉嚨發不出聲音，只有疼痛。

他用左手肘撐起自己，右臂能稍微彎曲，但無法支撐體重。這個動作讓他的頸部和背部被急遽的疼痛刺穿。

——《神鬼獵人》（*The Revenant*），作者／麥克·龐可（Michael Punke）

六十秒。在鑼聲響起，我們可以展開行動前，必須待在這塊圓形金屬板上六十秒。時間沒到之前就偷跑，地雷會轟掉你的雙腿。所有的貢品圍成一圈，等距離面向中間的豐饒角＊。那是個巨大的金色角狀物，像個尾巴捲起的圓錐，橫躺在地上，開口上端離地面至少二十呎高，裝著我們在競技場裡賴以活命的東西，食物、瓶裝水、武器、藥品、衣服和升火設備，多到滿出來。

——《飢餓遊戲》（*The Hunger Games*），作者／蘇珊·柯林斯（Suzanne Collins）

＊譯註：豐饒角（Cornucopia, Horn of Plenty）又稱豐盛角或聚寶角，是希臘神話中食物和豐裕的象徵。

反烏托邦

想像有某個地方或局面，每件事都是不愉快或糟糕的。

建構故事高潮

每個故事都要有高潮。所謂高潮就是故事達到最高峰的頂點——從和致命敵人的最終對峙到面對內心最深層的恐懼，都有可能帶來高潮，唯有征服故事高潮帶來的挑戰，主角才能達成終極目標。

讓故事成功

要創造令讀者心滿意足的高潮，關鍵就在於拉高風險。

如果是驚悚小說或冒險故事，當你描述天氣場景時，就要讓天氣惡劣到令先前一切場景中的活動都失控。

在恐怖故事中，高潮必須讓主角置身於極端恐懼的狀況中，才能讓讀者感受到相同的懼意。

不管是寫哪種類型的故事，千萬要在高潮時創造出至少一種的情緒張力。

> **詹姆斯・派特森說：**
>
> 我的故事節奏非常快，這也是我寫作的特色之一，那並不容易。我不會在故事中用炸掉車子或其他東西來創造速度感，而是創造某種讓懸疑持續流動的事物。我盡量不寫那種讓你在腦海中打不開電影投影機的內容。

詹姆斯・派特森（James Patterson）是成人和青少年小說的作者

羅莎梅正把我拖向水邊。
她把我往前拉，強迫我走進水裡。
「現在，你再也不能離開我了。」她說。
她用手臂緊緊環抱著我。
「住手！」我喘著氣說，「我不會游泳。」湖水又冰又冷，氧氣從我的肺中飛洩。「羅莎梅，放開我，拜託！」
她在我耳邊輕聲的說：「告訴你，我找到讓去年夏天永遠存在的方法了。」
我試著移動腳跟，想把她踢開，但是沒用，她比我更強壯。在她手臂中我感到軟弱又無助，她將我拉往更深的湖底，直到湖水淹沒我的頭頂。

——《蝴蝶之夏》（Butterfly Summer）
作者／安-瑪莉・康韋（Anne-Marie Conway）

打造高潮

　　在高潮中，讀者的焦點必須放在主角身上，因此作者必須清除舞臺上多餘的配角。藉由讓英雄孤立無援，獨自面對敵人，便能突顯他們面對的挑戰有多艱難。

想想天行者路克面對黑武士達斯‧維達，或是哈利波特面對佛地魔時的場景。

高潮
事情中最有趣、最重要或最緊張的點。

攀登頂峰

練習在故事高潮時運用下列點子，你可以使用多重選擇創造高潮。

挫折
決定性時刻
浩劫
大災難
困惑
逆轉困境
動蕩不安的逆境
走回頭路

掩飾
洩露
頂峰
達到高潮
緊急狀況
最終公諸於世
最高點
逆轉

癥結
棘手
災難
改變心意
峰廻**路轉**
破釜沉舟
十字路口
臨界點

故事背景

你需要給讀者一個訊號，點出故事來到高潮了。有時候作者會用場景轉移的方式提醒讀者。想想這個場景設定如何為高潮增添情緒。例如在《魔戒三部曲：王者再臨》中，當佛羅多掙扎著是否完成終極目標時，J. R. R. 托爾金在末日火山內展現了氣氛十足的場景，暗喻佛羅多的心情。

底下的火焰憤怒的甦醒過來，紅光照耀著整個洞穴，四周全都被染得一片血紅、酷熱難耐。山姆突然間看見咕嚕的手移近他的嘴巴，白森森的利齒一閃，迅即一咬——佛羅多慘叫一聲，緊接著就現出身形，跪倒在深淵的邊緣。咕嚕則像是瘋了一般高舉魔戒，在深淵的邊緣狂舞著，戒指中還連著一根血淋淋的斷指……魔戒發出刺眼的光芒，彷彿它是由純粹的火焰所打造而成。「寶貝！寶貝！寶貝！」咕嚕大喊著，「我的寶貝！喔，我的寶貝！」正當他全心全意欣賞手上的戰利品時，不慎一腳踏了空，在裂隙邊緣試圖保持平衡，拼命揮舞著雙手；最後，尖叫著落了下去——從那深淵中傳來他最後一聲淒厲的「寶貝——」然後一切都消失了……

——《魔戒三部曲：王者再臨》
（ The Lord of the Rings: The Return of the King ）
作者╱ J. R. R. 托爾金（J. R. R. Tolkien）

披露
令人驚訝的事實
坦白
公開
曝光
招認
揭發
說溜嘴
洩露
關鍵時刻
徹底改變
拆穿
辜負
挖掘
宣告
暴露

逆轉和揭露

就像故事情節一樣，高潮也需要峰迴路轉，才能營造懸疑性和緊張感。

有時候，作者會用逆轉來製造高潮的驚奇，此時主角的期待可能突然被翻轉，或許是角色猝不及防揭露某個祕密，又也許原來他們並非如外表所顯現，讓所有事情都改變了……

不管你寫的故事類型是哪一種，記得思考如何讓事情大逆轉。不過，要確定轉折不會過於複雜而偏離了原有故事的範疇。

提早在故事中埋下線索。如此一來，不管安排了多麼意想不到的事物登場，仍能讓讀者感覺高潮的可信。

說實話的時刻

每個時刻，都要記得牽引主角踏入高潮場景，每椿發生過的事、曾影響主角的經驗，都要帶他們邁向這個高峰。

在高潮中，主角需要一個關鍵時刻，也就是他們選擇揭露自己真實性格的瞬間。這可能是他們做過最艱難的決定——這個困難的抉擇將改變他們的命運。

記住！故事高潮未必需要史詩般的偉大抗爭，也可以是主角解決自己內在衝突時，那個寂靜的感性時刻。

他們成功完成目標了嗎？
或者他們掉進了最後的障礙中？
只有你能決定……

完美結局

在讀者放下書之前，作家需要提供完結感。解決之道就是在最後場景中，將任何未交代清楚的部分都好好收尾，也讓角色透過事件展現他們所發生的變化。這是高潮風暴之後的平靜。

全新的開始

在絕佳的故事中，角色對讀者而言已經是真實的存在。花費那麼多時間和角色同行，讀者想必會忍不住好奇：故事結束以後，角色們還會發生什麼事？

最佳的結局是暗示故事終了之後，主角接下來的生活會如何。

在夏綠蒂．勃朗特的小說《簡愛》（Jane Eyre）終章，女主角簡愛和真愛羅徹斯特先生結婚。小說最後，讀者知道他倆已過了十年快樂的婚姻生活。

麥可．莫普格說：

不管我的故事帶我到何處，無論這個主題有多黑暗或多艱難，總會有希望和救贖存在。不僅因為讀者喜歡快樂結局，也因為我天生是樂觀主義者。我知道每天清晨太陽必然會升起，而每個隧道盡頭也必有亮光。

麥可．莫普格（Michael Morpurgo）是《戰馬》（War Horse）、《私人和平》（Private Peaceful）和多本童書的作者

想一想，如何在最終場景給予讀者暗示，讓他們得知角色未來的生活。

巴士已經從山上開下來了！我抓住米娜的手拔腿狂奔。我敢打賭——如果我們能在巴士到站前抵達，那一切都會平安無事。

即使現在很難一走了之，但是每次我回到家，媽媽總是在家，這讓事情變得容易些。至少她正在嘗試，保持清醒，一天一次。

那就是我們的生活：有好日子，也有壞日子。

但是，壞日子的間隔時間越來越長——就是這樣。

這是好的開始。

我們一定可以戰勝困境。

——《15天無頭的狗日子》（15 Days Without a Head）
作者／戴夫．考斯辛（Dave Cousins）

所有的感覺

　　作者都想寫出能帶來情感衝擊的結尾，最後一場戲必須能挑起符合該故事的感受。每種類型的故事可能會喚起各自的特定情緒，例如在犯罪小說中，凶手的伏法會讓讀者感到滿意。想想你正在寫的故事類型，當讀者翻到最後一頁時，你希望他們感覺如何？

恐怖故事

激怒　　煩憂　　**激動　震驚**
興奮　　**發怒**　　怒火中燒　　**害怕**　　恐懼　　**不安**　緊繃
嚇呆　　苦惱　　**勇敢**　　焦急　　緊張　　驚訝
疲憊不堪　不知所措　　憂慮　　陰鬱　　不堪負荷
詫異　　厭惡　　**驚慌**　　怪異

科幻／奇幻小說

嚇壞　　敬畏　　**感激**　　亢奮　　**如釋重負**
凱旋　　著迷　　啟發　　激動
驚訝　　體貼　　滿足　　**振奮**
充滿希望　　滿意　　驚奇　　糾葛
入迷　　**有膽量**　　樂觀　　**好奇**

犯罪／驚悚小說

驚嚇　　驚愕　　**淚流滿面**
忙碌　　滿意　　驚訝　　**惶惶不安**
緊張　　獲勝　　解脫　　筋疲力竭
困惑　　投入　　盲目

喜劇

欣喜　快樂　愉悅
鍾愛　欣喜若狂　**感同身受**
開心　**微笑**　**大笑**
眉開眼笑　快活　**喜出望外**
調皮　樂天　**開朗**

羅曼史

舒緩　興奮　**樂觀**
多愁善感　心滿意足　懷抱希望
稱心如意　幸福　鼓舞
感動　渴望　**忌妒**
挫敗　**快樂**　興高采烈
同情　寬容　**感激**
感謝　滿足　知足
滿意　狂喜　喜氣洋洋
熱情

簡短而有力

千萬別用無止盡的頁數拖累故事收尾。你要給讀者一個令人滿意的結局，才會讓他們感覺投入閱讀的時光是值得的。收尾時，種種未完事件或伏筆都須快速被交代，務必要讓解決方法毫不鬆懈的聚焦在最後一場戲，才能將情緒衝擊推到最高點。

派翠克・奈斯說：

如何引領讀者非常重要——不是高潮。我稱之為「退場感」(exit feeling)。

派翠克・奈斯(Patrick Ness)是《怪物來敲門》(A Monster Calls)作者

這些結局帶給你什麼樣的完結感？

劇透警告！

她們兩個又哭又笑，事情真的發生了，但是生活還是要繼續下去。寒冬已經造成傷害，但傷口很快就會癒合、被遺忘，也會過去。愛農早就了然於心，所以她不會許願、懷抱希望或心存僥倖。事實就是事實，所以當經歷這些後，她把手臂浸入水中，讓所有的畫面、兩位陌生人的臉孔，一個接著一個，永遠消失。

——《冬季之傷》（Winter Damage）
作者／納塔莎．卡爾塞（Natasha Carthew）

山坡上那沐浴在陽光下的池塘，仍然在我們前方，我從未見過如此翠綠的草地。我們繼續往前，一步接著一步，踏著緩慢的步伐，內心深深明白，終有一天我們會抵達那裡。
再不用多久，我們就會站在那片閃耀的陽光下。

——《我的名字不是星期五》（My Name is Not Friday）
作者／瓊恩．華特（Jon Walter）

我站在停車場，終於明瞭我從未離家如此遠，在那裡，有個我深愛卻永遠無法企及的女孩。我希望這是個英雄的使命，因為不去追隨她是我做過最困難的事。我一直在想，她會坐進車子裡，但是她沒有。當她終於轉身面對我時，我看見了她雙眼浸滿淚水。我們之間的物理空間消失了，我們最後一次彈奏我們那琴弦已斷的樂器。我在黑暗中親吻了她。但是，我和瑪爾戈的眼睛都是睜開的，她無視我夠久了，就在這個阿格羅郊區暗不見光的停車場裡，我終於看見她了。我們親吻之後，抵著彼此的額頭。就在這片瘋狂的黑暗裡，我幾乎能清楚的看見她。

——《紙上城市》（Paper Towns）
作者／約翰．葛林（John Green）

解答
故事來到結局，所有困難都被解決了。

出口

情節漏洞 和問題

完成故事的初稿真是太有成就感了。但是當作家寫下最後一行，他們還有另一座山等待攀爬。在書籍可出版前，作者需要修改故事許多次，直到感覺都對了。

自己是最重要的讀者

有些作者習慣邊寫邊重讀，也就是每次開始動筆前，他會重讀上次寫的段落。這樣做能讓故事保持在軌道上，也能讓情節進展合情合理；也有些作者認為重讀會拖慢速度，所以偏好全部完成之後，再回頭瀏覽寫好的內容。

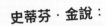

史蒂芬·金說：

寫書就像你日復一日的細察和辨
識這些樹木。但是當寫完以後，
你得回頭看看這整片森林。

史蒂芬·金（Stephen King）是驚悚、
奇幻和超自然小說作家

情節

情節

情節

情節

　　不論你的作品是哪種
類型，重讀初稿讓你有機會首次
一覽故事全貌，並確認故事是否可行。
這步驟非常重要，千萬別草率帶過。

完成初稿時先休息一下吧！讓你的腦袋也暫時
喘口氣。

　　不要馬上重讀故事，而是隔一段時間再重溫，如此一來較能客觀
評斷自己寫的故事。

那是何時發生的？

她曾經在這裡嗎？

但，那是不可能的……

修補情節 漏洞

當故事的邏輯性被打破時，情節就會出現漏洞。從不合邏輯的事件到角色做出不合理的行為都有可能發生。情節漏洞就像病症，表示你的故事該進行手術修補一番了。

有時候要修補故事漏洞，需要回溯在哪個點的情節轉錯了方向，再好好思考如何導回正確的路。

該如何做？你可以列一張表格寫下發現的情節漏洞，以及如何處理這些破綻。有時候解決方式很簡單，你可以在前一個場景透過對話和描述增加一些訊息，就能說得通。例如角色突然抽出鑰匙，從中了埋伏的密室逃脫，只要在先前場景中增加他們把鑰匙放入口袋的橋段就行了。

這合理嗎？

有沒有自相矛盾……

角色會這樣做的？

他如何知道的？

為什麼他沒有……

別害怕做重大修改。如果你無法透過調整前面的場景來解決漏洞，也可以考慮刪掉故事中引起問題的那段情節。

這意謂著你要重寫的部分更多，不過，這麼做才能獲得讀者對故事的信任。

101

初稿檢查表

　　沒有初稿是完美的。別擔心像寫錯字或檢查句號這類小事——這階段要先確認故事中所有的基本細節都是可行的。

　　把故事印出來，以嶄新的眼光閱讀它。當你讀第一次時，不要做任何改變，但是在空白處記下注意到的事情。

這個檢查表可以協助你檢視故事中最重要的層面。

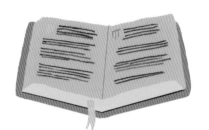

☑ 故事
故事合理嗎？有任何讓讀者混淆的部分嗎？有發現任何情節漏洞嗎？

☑ 架構
故事有明確的開場、中段和結局嗎？行動的發展合乎邏輯嗎？讀者是否清楚事件順序？

☑ 角色
角色看起來夠真實嗎？主角的引導性是否夠強，能透過行動和反應推動故事進展？故事中的每個角色都至關重要嗎？還是有些人物可被捨棄？

☑ 衝突
主角有清楚的目標嗎？是否有描寫出主角經由故事中面對的挑戰而產生了改變？

☑ 背景設定

故事中不同的背景設定感覺夠真實嗎？有任何部分形容得太多或設定太複雜嗎？有沒有哪個場景需要更多描繪？

☑ 對話

角色所說的話聽起來是否令人信服？對話能不能推動情節進展，或揭露角色在故事中的某些事件？哪個角色是發話者？都明確清楚嗎？

☑ 場面

每個場面或畫面，對故事來說都是必要的嗎？有任何一幕可以刪掉嗎？

☑ 節奏

故事的節奏感對嗎？有沒有任何地方的節奏感太倉促？這個行動會不會在任何點上都滯礙難行？

☑ 結局

故事有建構讓讀者滿意的高潮嗎？結局是否觸發了你希望的情感反應？

修潤和編輯

當你訂好修改計畫之後，接下來需要開始修改和調整故事。千萬別被檢查表上畫線重寫的部分嚇到了，你可以依照場景一幕一幕來修改，就會容易處理得多。

放下內心的評論

撰寫初稿時，務必克制對於自身作品的評論，否則你永遠寫不完。但是來到重寫階段時，就放掉內在規繩、擺脫束縛吧！如此才能讓你的故事更生動。

衡量故事中的每句話，確認它以最佳方式呈現了你想表達的內容。當你大聲朗讀時，留意任何太長或聽起來很突兀的句子。用辭彙和調換順序玩玩文字排列，直到聽起來感覺對了為止。

刪掉你的最愛

　　你可能已經寫下完美句子，但如果故事不需要這句話，就得大刀闊斧砍掉它。編輯就是要刪汰任何多餘的部分——即使你認為這是有生以來寫過最棒的東西。

　　但別沮喪！你還是可以把那些不適合放在這裡的「完美句子」收進新檔案夾中，或許其他故事有機會用到。

編輯
修剪
重寫
砍掉
削去

阿爾文・漢米爾頓說：

我曾經將所有寫下的文字分類處理，就像在建構初稿的鷹架。仔細查看之後，我總會發現可以刪除哪些部分，或合併兩個場景。原本對第一章的想法，在我寫到結局時改變主意，結果我全部重新修改了一遍。對我來說，接下來唯一的問題就是如何將所有的文字放到正確位置上。

阿爾文・漢米爾頓（Alwyn Hamilton）是《沙地的反叛軍》（*Rebel of the Sands*）作者

編輯檢查表

為了確保故事光采動人，請務必使用編輯檢查表拋光打磨你的文章。

視角和聲音
你採用哪種視角說故事？這個視角曾經更動或一直維持不變？敘述的語調是否前後一致？

重複
你會過於頻繁的使用相同詞彙或用語嗎？能不能以代名詞避免重複的名詞或稱呼？有任何不必要的資訊屢屢出現嗎？即使它是透過不同方式表達。

對話
對話安排的位置和標點符號正確嗎？有沒有適切標示對話，清楚說明發話的角色？

陳腔濫調
你可以找出使用「死得非常澈底」之類的過時陳述方式嗎？你能否創造新的隱喻或詞彙，用不同方式來表達這些想法？

選字和標點符號
審慎校對選字和標點符號，確認無誤。校對者不一定能挑出所有錯誤，所以你要仔細朗讀，確定你選對字並用對地方。

動詞和形容詞
檢查每個動詞。能使用不同動詞更精準的表達該行動嗎？你選用的所有形容詞都是不可或缺的嗎？你是否已在用字遣詞上做出最佳抉擇，令讀者腦中的影像栩栩如生？

尼克・宏比說：

新手作家們，放膽去寫吧！
把自己當成笑話，當成一個
無名小卒！惡搞自己！讀者
不會介意的。

尼克・宏比（Nick Hornby）是成
人和青少年小說作家，《失戀排行
榜》（High Fidelity）和《非關男
孩》（About a Boy）作者

喬・克雷格說：

讓每句話都有價值。因為對故
事來說，不只是要每句話寫得
漂亮而已。你要挑戰每個字。
每個、單一的、文字。

喬・克雷格（Joe Craig）是「吉米・
克迪斯」（Jimmy Coates）系列作者

嚴謹的讀者

在書被付梓出版，放上書架前，編輯會仔
細讀過每個字，給予作者回饋意見，幫助他們
把故事調整得更準確、更適切。

你也可以請你信任的人提供不同的意見。

請他們標出喜歡的部分，以及他
們發現的缺點。

當他們回應任何能讓故
事更完善的意見時，請仔
細傾聽。

選擇超棒的 書名

有些作家總是先決定書名，才開始動筆寫小說，例如暢銷犯罪小說家伊恩‧雷根（Ian Rankin）。有些作家則是直到書完成才去思考取名，甚至讓出版社決定書名。但是，如果想讓你的故事從眾多書籍脫穎而出，你需要選擇一個在書架上具有真正吸引力的書名。

長書名和短書名

有些書名就像尖叫著「看我！看我！」那樣的引人注目，而有些不尋常的奇特書名，會讓人陷入回憶中。其實，想出好書名的方法有很多種。

使用單詞的書名既吸睛又好記，就像尼爾‧蓋曼的《無有鄉》（*Neverwhere*）、路易斯‧薩奇爾的《洞》（*Holes*）或史考特‧韋斯特費德的《醜人兒》（*Uglies*）。但是，要確認你選了一個獨特的字眼，且能充分表達書中內容。

有時候長書名聽起來很獨特，像是《怪奇孤兒院》（*Miss Peregrine's Home for Peculiar Children*）。但你得考慮到書名長度，以及大聲朗讀時聽起來的感覺。如果書名一口氣念不完，那就不適合放在封面上。

書名的靈感

你可以在故事的字裡行間找到許多書名的靈感。

有時候主角名字也可以成為書名，例如尼爾·蓋曼的《卡洛琳》（*Coraline*，臺譯《第十四道門》）；名字也可以是書名的一部分，就像 J. K. 羅琳的《哈利波特：神祕的魔法石》（*Harry Potter and the phliosopher's stone*）。有些書則以地點當書名，譬如《咆哮山莊》（*Wuthering Heights*）和《金銀島》（*Treasure Island*）。這種書名讓讀者立刻了解故事背景設定，但你得確定這是書中重要的地點。

有些作者喜歡能反映故事主題的書名，像是《傲慢與偏見》或《戰爭與和平》這類經典之作。但是，如果選擇大主題作為書名，必須確定你述說的故事格局足以匹配。

讀者也可從故事中的關鍵時刻或文字裡找到理解書名的路徑。例如書名《殺了一隻仿聲鳥》（*To Kill a Mockingbird*，臺譯《梅岡城故事》）就是出自書中的一句話，而《飢餓遊戲》是以故事中的關鍵活動來命名。

瑪洛麗·布萊克曼說：

《出賣》，對於托比開始要做的事，似乎是挺適合的書名：他同時背叛圈圈犯罪組織的首領艾力克斯·麥可烏尼，還有叉叉犯罪組織的唐德家族。但是故事結束，托比最終出賣了自己的人生。

瑪洛麗·布萊克曼（Malorie Blackman）是「圈叉遊戲」（*Noughts & Crosses*）系列和《出賣》（*Double Cross*）作者

引用他作

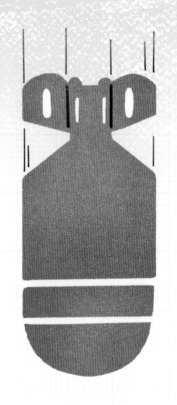

　　有些作者會從歌曲、戲劇、詩歌，甚至其他書上尋找書名靈感。布萊恩·康納根的青少年小說《讓我們在一起的那顆炸彈》(*The Bombs That Brought Us Together*)，就是從史密斯樂團 (The Smiths) 的抒情歌〈詢問〉(Ask) 歌詞中獲得靈感。或許有某一首電影歌曲，能展現你故事中的時刻，也或許是一首抒情詩能捕捉到書中重要的主題。

　　雷·布萊伯利的小說《當邪惡來敲門》(*Something Wicked This Way Comes*) 是源自莎士比亞的戲劇《馬克白》；約翰·史坦貝克的《人鼠之間》(*Of Mice And Men*) 書名則來自蘇格蘭詩人羅伯·伯恩 (Robert Burns) 詩中的一行。

但是，不要只因為聽起來很酷就選擇引用，你所挑選的句子或用語，都必須能捕捉故事中的重要訊息才行。

類型預設

　　不論主題是驚悚、神祕、推理冒險或超自然奇幻，你會發現某些文字或用語經常出現在特定類型的書上。想一想，當你看到《皇后的毒害者》(*The Queen's Poisoner*) 這個書名時，你預期讀到什麼樣的內容？書名中出現「惡魔」、「死亡」和「血腥」這些文字，讓你聯想到哪種類型的書？你可以觀察書籍暢銷榜，看看在你寫作的故事類型中，有哪些字眼出現在書名上。

如果書名不符合讀者期待，等於是給了他們藉口不挑你的書。

　　記住！最佳的書名不會跟隨潮流，你可以引領趨勢！有時侯，只要把傳統圖像扭轉一下，就會想出很棒的原創書名。例如嘉莉·萊恩的末日殭屍小說《手和牙齒的森林》(*The Forest of Hands and Teeth*)。如果你正在寫三部曲，用類似模式取名，打造你的品牌系列，就像薇若妮卡·羅斯的科幻冒險小說「分歧者三部曲」：《分歧者》(*Divergent*)、《叛亂者》(*Insurgent*) 和《赤誠者》(*Allegiant*)。

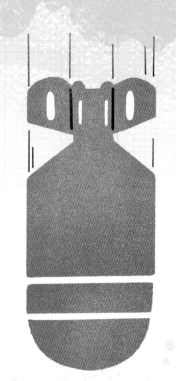

研究書名

　　當你拿到書名候選名單時，先在網上搜尋工具中輸入這些書名，你會發現有些書名被用過了。如果這個書名對你來說並非首選，那就不用擔心。書名不享有著作權，如果你覺得這是最好的書名，仍然可以採用，但可能涉及其他法條或影響他人權益，須謹慎考量。

　　每個作者都希望有更多的讀者閱讀自己的書，所以千萬不要選一個尷尬的書名，不只讀者不喜歡，連書店或圖書館都不會把書擺上書架。

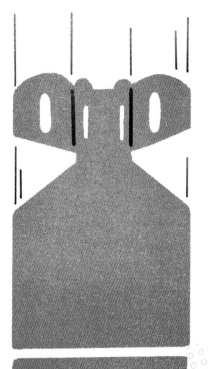

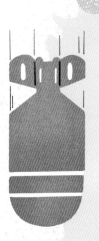

娜塔莎‧德斯布魯夫說：

我把書名定為《怪人與駱駝的腳趾頭》（Weirdos and Camel Toes）。因為這個書名感覺頑皮、有趣、切合主題，念起來又順口。而且，我知道擺在書架上一定很突出。但在慶賀自己想了個吸睛的封面同時，我很快發現，許多企業重要人士認為這書名粗俗又下流*。

娜塔莎‧德斯布魯夫（Natasha Desborough）是《怪人對抗運動員》（Weirdos VS Quimboids）和《怪人對抗傻瓜》（Weirdos VS Bumskulls）作者

＊編按：可能是因為「Camel toe」（駱駝蹄）常被用於暗示女生私處的輪廓，所以被視為不雅。

戰勝作者的 障礙

幾乎每個作者都面臨過緊盯著眼前的空白頁，卻遲遲無從下筆的時刻。如果你也在這樣的障礙中掙扎，那表示你的點子用光了，或是在故事中走錯岔路，不知該如何讓故事繼續下去。

轉換空間

許多作者發現，只要給他們空間思索，寫作就不會卡住了，例如帶小狗去散步或到健身房運動。只要暫時離開稿紙或電腦螢幕，就有助於克服寫不出來的障礙。

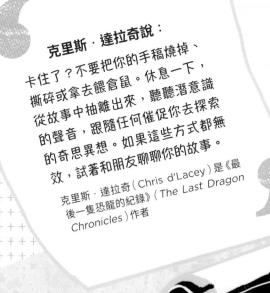

克里斯‧達拉奇說：

卡住了？不要把你的手稿燒掉、撕碎或拿去餵倉鼠。休息一下，從故事中抽離出來，聽聽潛意識的聲音，跟隨任何催促你去探索的奇思異想。如果這些方式都無效，試著和朋友聊聊你的故事。

克里斯‧達拉奇（Chris d'Lacey）是《最後一隻恐龍的紀錄》（The Last Dragon Chronicles）作者

寫作夥伴和寫作團體

　　有時候，有人可以討論寫作比較不會卡關。找到跟你一樣喜歡寫作的朋友，或考慮加入寫作團體，和其他人分享你的創作，或在過程中大聲朗讀作品，讓夥伴回饋有用的意見或幫助你萌生新點子。

讓內在評論安靜一下

　　寫作時，會遇到內在評論占上風的時刻。這時候試著別去理會任何腦中浮現的負面想法，專注在你要說的故事上。不用擔心！最後總會有時間來打磨修整你的故事，但現在最重要的，就是把文字寫下來。可以先把你擔憂的部分記下並存檔，等編輯時再思考。

如何避免寫作 障礙 ？

　　避免遇到寫作障礙最好的方法，就是在你知曉接下來會發生什麼事之前先停筆。也就是說，寫到每個段落結束之前，就先記錄一些下個事件的線索，這個策略讓你能從上一章節留下的足跡繼續往下寫。

　　如果你感到才思枯竭、寫不下去，試著改變工作方式：從螢幕打字轉到紙本書寫，或反其道而行，從生活中找到靈感的火花。

有時候從原本卡住的地方重寫場景，不僅能讓你脫困，也能幫助你隨著情節重啟寫作動力。

　　如果以上方法都沒用，把它擱在一旁，先寫其他你清楚知道發生什麼事的場景。

安琪・薩奇說：

派一個全新或意想不到的角色到故事中。如果角色以戲劇化的方式登場，你就有趣事可寫了，或許你還會發現靈感回來了。

安琪・薩奇（Angie Sage）是「阿拉敏塔・史布克」（Araminta Spook）系列和「薩提姆斯・希普」（Septimus Heap）系列作者

即使是虛構的角色，也會在作者設置的障礙中受苦……

潘妮洛普瞪著眼前空白的紙張，它完美無瑕，如同故事中尚未被征服的新大陸。她感覺自己就像站在「探險者號」船頭的史考克船長，凝望若隱若現的南極洲海岸線。怪奇的冰山擋住了他達到目標的去路。潘妮嘆了一口氣，視線滑向書桌旁的廢紙簍，皺巴巴的紙團滿了出來，上面潦草的寫滿未完成的句子，每一團都是她寫故事的失敗旅程。甚至，在這個她用蒙哥馬利羊毛筆精心描繪的故事中，她毫無立足之地。

——《黑烏鴉的陰謀》（The Black Crow Conspiracy）
作者／克里斯多夫・埃奇（Christopher Edge）

讓你的故事 面世吧!

每個作者寫故事都是希望被閱讀。無論你是希望在暢銷書榜上看到自己的書,或是只想和喜歡你想法的讀者分享故事,你都有許多不同管道出版你的作品。

找到出版社

到書店逛逛,找到最適合你故事類型的那一區,可能是犯罪、恐怖、奇幻、科幻、羅曼史、青少年或其他類型,記下出版該類書籍的出版社,你會在版權頁找到出版社地址,通常也會有官方網站。

瀏覽出版社官網是否有徵募新作者來稿的公告,有些出版社只看作家經紀人*寄來的作者稿件,但仍有些出版社會從作者投稿中發掘到很棒的故事。請依照投稿須知寄出稿件,確保你的稿子不致錯失被出版的好機會。

*編按:臺灣出版業並不盛行經紀人制度,也鮮少有作家經紀人。直接投稿給出版社,是多數人嘗試出版作品的起步。建議投稿之後耐心等待,如果遲遲未收到回應,可以禮貌性詢問,或許對方沒有收到你的稿子,也可能你的故事不適合出版社的出版方向,或是作品不夠成熟,未達出版標準。不管結果如何,你都可以獲得明確的答覆,決定下一步怎麼做。

有些出版社會在徵稿啟事裡明確告知,若不採用,恕不回覆;有些則拒絕一稿多投,這些細節在投稿前都要仔細了解。

除了向出版社投稿之外,參加校園作家徵文或是企業、政府和媒體等單位舉辦的文學競賽,都有機會發表作品,甚至獲得青睞,贏得出版社的出版合約。

此外,還有許多發表和出版作品的管道,本書後面篇章將陸續介紹與說明。

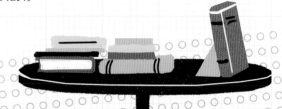

找到經紀人

　　就像運動員經紀人會幫他們的球員、職業聯盟或球隊簽訂合約，作家經紀人則代表作者，為他們的作品找到最好的出版社。有經紀人的好處是，他們不僅曉得哪些出版社正在找你寫的這類故事，幫你找到合適的人閱讀你的手稿，如果出版社願意出版你的作品，他們還能為你爭取到最優的稿費，再從你賺的錢中抽取他們該拿的佣金。

　　你可從大多數圖書館中找到《作家和藝術家年鑑》（*Writers' and Artists' Yearbook*）這類印刷品，裡面就能找到經紀人名單。你得像尋找有潛力的出版社一樣，好好研究一個特別的經紀人，他擅長經營哪種類型的作者，就能決定他是否會對你的故事感興趣。

接洽

　　不管你是與經紀人或出版社接洽，都要用正式方式介紹自己和作品。大部分的經紀人和出版社接受投稿時都會要求有履歷表、電子郵件、故事摘要和部分章節內容，這樣他們才有足夠資訊決定是否要繼續閱讀你的故事。

履歷表

　　你的履歷表是介紹自己和作品的好機會。信件盡量簡短，但切記要包括書名、故事類型和大概字數等資訊。

　　試著用一兩句話概括說明故事，想像一下這就像是一分鐘演講，你只有這麼短暫的闡述時間，所以盡量用輕快又引人入勝的方式介紹，才能抓住經紀人和出版社的興趣，讓他們渴望讀完你的故事。

　　你還要解釋你計畫寫的書是單行本或系列。最後，記得提供一些關於個人的訊息，特別是任何展現你身為作者本事的情報，如果你是部落客或有自己的YouTube頻道，一定要記得提出。

摘要

　　摘要就是簡述故事的內容，不過這不是要你逐章介紹情節細節，或羅列故事中發生的每樁事件。

摘要就像簡介的延伸版，也可以解釋故事最終發生什麼事。

　　盡量將作品摘要濃縮在一頁，介紹角色、背景和關鍵事件。記得用現在的語調來寫，即使你寫的是過往的故事。想讓經紀人或出版社選上你的稿件，摘要就須寫得令人無法抗拒、欲罷不能。

簡單的章節範例

　　經紀人和出版社常被大量稿件轟炸，所以你得確定自己有依照他們的要求提供稿子，才能被選上並留在好書區。如果經紀人要求寄前三章，千萬不要多加第四章，就算那是故事中你最愛的部分也不行！

確定你用正確的方式呈現寄出去的章節。

　　你寄出的第一頁要有書名、作者和聯絡資料，每個章節都要新啟一頁，文字之間要有雙倍行距，左側對齊，每頁也都要嵌入頁碼，以及你的名字和書名等資訊。

做好被退稿的心理準備

即使是最有名和最有才華的作家都有被退稿的經驗。J. K. 羅琳的《哈利波特：神祕的魔法石》，在布魯姆斯伯里出版社（Bloomsbury）決定冒險出版這本魔幻故事之前，曾被十二家出版社退稿。

如果你的投稿章節隨著退稿信飛回你身邊，千萬別灰心喪氣。記得保留所有意見紀錄，因為經紀人、編輯和出版社都是大忙人，如果有人肯花時間寫下幾行建議，正是你從中學習的好機會。成功的作家無時無刻都在追求精進，所以把退稿信當成一種激勵吧！這會讓你成為更好的作家。

退稿！

很抱歉……

感謝來函，但是……

布萊妮・皮爾斯說：

每次收到退稿信，我就會允許自己沮喪一天。之後振作起來，告訴自己：「沒錯！你需要重寫。」基本上，我就是這麼做……我認為你也必須在重寫這件事情上如此固執、厚臉皮及堅持不懈。

布萊妮・皮爾斯（Bryony Pearce）是青少年小說《天使之怒》（Angel's fury）和「不死鳥」（Phoenix Rising）系列作者

分享故事

除了正式出版，網路發表也是讓故事被閱讀的方式之一。現在有很多故事分享的應用程式和網站，像是Wattpad*這種電子閱讀平臺，作者可免費張貼文章，數百萬計的讀者可以逐章閱讀你的故事，並留下意見和回饋，這也是建立小說粉絲群的好方法。當少女作家貝斯・芮可的故事《親吻亭》（The Kissing Booth）在Wattpad上有超過一千九百萬人點閱之後，她就拿到大公司的三本書合約了。

自費出版

有些作者喜歡自己動手，所以選擇自費出版。透過自費出版，作者可以參與書籍出版過程中，從封面設計到訂定售價的每一步。

*編按：Wattpad成立於加拿大，是發表各類文學作品的免費網路平臺，讀者也可以在上面與作者直接交流，作品語言以英文為主。

愛斯特莉・麥斯卡蜜說：

在網站貼上故事中新的一章之後，
能立即得到回饋和聽到別人對作品
的評論，是激勵我持續寫作的動
力。我喜歡那種，知道有人正等待
看接下來會發生什麼事的感覺。

愛斯特莉・麥斯卡蜜（Estelle Maskame）
是青少年小說「我說過我愛你嗎？」（Did I
Mention I Love You?）三部曲作者

恐怕
那個……

很遺憾的……

當作者，還要做些什麼？

當一個作者，不只是寫一本書而已，現今的暢銷作家需要周遊世界以行銷和宣傳作品。你知道嗎？全球每年出版超過上百萬本新書，如果想讓讀者看到你的書，你就得讓它脫穎而出。

作家網站和部落格

成立你自己的網站和部落格，就能像櫥窗一樣展示你的作品，你可以在這兒分享關於自己的資訊和你撰寫的故事。

把新故事的章節放到網站或部落格上，試著吸引新讀者來閱讀。

瀏覽心儀作家的網站，找出這些網站的特色，學習並運用在你自己的網站上。

許多作家用網路社群平臺，例如部落格、方格子*或Instagram分享自身經驗，大談他們如何寫作及身為作家的生活，也有些作家用部落格分享對他們而言重要的議題。無論你選擇哪種方式，確保發表在網路的文章和你的小說有同等品質。

＊編按：方格子（vocus）是臺灣網路創作與交流平臺，提供無廣告的創作和閱讀空間，也支援多元的內容付費機制。

暢銷青少年小說家約翰‧葛林（John Green）和他哥哥漢克‧葛林（Hank Green）建置的影像部落格頻道，已經突破百萬訂閱。同時，時尚潮流影像部落格作者柔伊（Zoella），她的第一本小說《上線女孩》（Girl Online）成為了當年度銷售速度最快的書籍。

網路社群平臺是和讀者互動，讓讀者持續關注作者的好方法。但是，千萬別讓它成為你寫作故事的干擾。

尼爾‧蓋曼說：

十年前我就開始用部落格了，因為我喜歡部落格。寫作是件很寂寞的事，我喜歡揭開神祕面紗的過程。因為我從小就喜歡這件事，就像拚死都想要寫作的人一樣。

尼爾‧蓋曼（Neil Gaiman）是美國奇幻文學大師

報紙報導

試讀章節

雜誌
推薦文

競爭

部落格

新書預告

部落格
行銷活動

廣播

書評

贈品

簽名

影片部落格

問答時間

思考推廣作品的方法

聊天

播放清單

名片

作者的
直播

訪談

作者官網

網路

出版社宣傳

閱讀

作者簡歷

搶先讀

網路社群

周邊商品

建立聯繫網絡

　　像臉書或推特這類社交網站，都是作者找到讀者的管道。成功的作者已經有固定讀者，但是如果想累積追隨者或粉絲，你就需要分享有意思的內容。

　　除了更新故事進度之外，也可以放上有趣的文章或影片連結，好好思考你能做些什麼，讓讀者和作者建立連結。試著用「寫作技巧」（#writingtips）或「閱讀星期五」（#fridayreads）這類標籤，在推特上尋找並分享寫作建議，及推薦你喜歡的作品。但記得！這是社群平臺，所以別讓你的網頁只有你的聲音。多和他人互動，能讓你感受到自己身處於更廣大的社群之中。

　　有些作家從社交網站獲得小說靈感。大衛‧米契爾（David Mitchell）的小說《斯萊德之家》（*Slade House*）是從他某次發表在推特上的短篇故事〈他是好人〉（*The Right Sort*）發展出來的。有的作家會在釘圖上蒐集並儲存能啟發靈感的圖片和超連結。

主題標籤

推特

 新書發表／簽書會

比賽

新聞稿

 番外篇

> **愛斯特莉‧麥斯卡蜜說：**
>
> 透過社交媒體行銷我的書，表示我和讀者有了更緊密的連結，尤其是現在，因為他們從很早期就開始關注我。推特也是絕佳的社群媒體，可以鼓勵有志於成為作家或書籍部落客的人。這是很棒的方式，讓我們這群愛寫作、愛閱讀的人，透過社交媒體就能輕鬆互動。
>
> 愛斯特莉‧麥斯卡蜜（Estelle Maskame）是青少年小說「我說過我愛你嗎？」（*Did I Mention I Love You?*）三部曲作者

書評和書介 ★★★☆☆

每個作者的夢想就是一打開報紙，發現對自己新書推崇備至的評論，或是坐在電視攝影棚暢談作家生活。然而，如果想要讓作品廣為流傳，你就需要研擬宣傳計畫。

想想有哪些策略可以幫助你推廣自己和作品？不論是屬於傳統媒體的報紙、雜誌，或部落格和播客＊等數位媒體，有許多不同的方式與平臺可用於宣傳新書和作家。

想想看，關於你的書，是否有任何有趣的角度能引起記者興趣？

或許你的故事情節來自當地的傳說，或是取材自新聞議題？

列一張對你的書會感興趣的對象名單，以及他們的聯繫方式。

書籍部落客對他們喜歡的故事會充滿熱情，看看你的故事類型，是否有部落客撰寫過相關書評？查詢他們是否接受作者贈書，如果答案是肯定的，與他們聯繫。郵件要簡短有禮，問問對方是否願意閱讀你的新書。知名的書籍部落客往往被一堆贈書淹沒，若回答不需要，別太失望。

另外，何不請朋友訪問你，聊聊新書呢？或是錄一段朗讀第一章的影片？這是很好的練習，如此一來，當你寫出暢銷書，受邀到談話性節目接受訪問，你早就駕輕就熟了。

＊編按：播客（podcast）是指聲音的節目，類似廣播。檔案存放在網路上，透過 podcast 平臺或手機的應用程式，你可以隨時收聽，就像是聲音版的 YouTube。部分 podcast 也有影像畫面，稱為 video podcast。

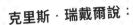

克里斯 · 瑞戴爾說：

我愛文學季。因為他們會安排場地，讓來自不同地方的作家見面、分享經驗。

克里斯 · 瑞戴爾（Chris Riddell）是童書作者、插畫家

聊天和閱讀

會出現在文學季現場，或到書店、圖書館參加講座的，通常是喜歡聽作家現場分享的讀者。

如果有機會遇到你摯愛的作家現身說法，務必要去聽聽他如何寫作。

有些作者在演講中專門談他們的新書；有些作者則會舉辦寫作課或工作坊，鼓勵並啟發創作新秀。

好好思考你的天賦是屬於哪一種，並練習相關技巧。你可以在社區圖書館或書店演講，暢談你的新書，不過如果你決定在講座中朗讀一段書中內容，記得選刺激點的段落，並先練習大聲朗讀。

如何寫系列書

有時候，作者想呈現的故事架構太大，一本書描述不完。舉例來說，J. R. R. 托爾金的「魔戒」總計約有五十萬字，J. K. 羅琳的「哈利波特」系列共出版了七本，才把故事講完。如果想在你創造的虛擬世界中沉浸更久，系列書能讓你有更多空間訴說完整的故事。

你要寫哪種系列？

　　像「飢餓遊戲」這類的系列書，故事圍繞著主要情節，最後一集就自然而然的落幕，而「神奇樹屋」這類系列作品，作家讓相同主角在每本書都展開新冒險，這種系列就可以永遠寫下去。

先決定你要寫哪一種系列書？

　　再來斟酌你的系列故事開頭是否是一個有明確結局、角色或背景的故事？是否能引發許多不同的情節？

角色和故事背景

　　無論是以名字為小說書名的偵探，或奇幻小說中展開偉大任務的男女英雄，讀者想看到的都是深具魅力的角色，讓他們願意繼續追這系列書籍。想想你要讓哪個角色擔任系列主角？他們的性格會像蝙蝠俠在每集漫畫中都維持一貫，還是會因故事中的事件，而產生戲劇化的轉變？

　　系列書的虛擬世界必須比單行本更為豐富，才足以支撐整個故事。像是菲力普‧普曼的「黑暗元素三部曲」（His Dark Materials）就帶領讀者穿越了一系列平行宇宙。有時候，犯罪小說也會設定在單一地點，讓偵探調查同一個地方發生的不同案件。如果想撰寫系列書，就要確定已經想好小說世界的規模，以及系列中每本書都會出現的關鍵場景。

進入敘事者的內心

　　動筆寫第一本書之前，作者必須對整個系列書的概貌胸有成竹。這並不是說你必須熟知劇情中的每項細節，而是要曉得如何將故事內容分派到不同集數。好好思考事件順序，能幫你確認每一本書的開頭和結尾。

　　如果故事規畫是三部曲，你需要先想好整個大故事的最終結局，以及每一集要創造的高潮。你希望首部曲的結尾像派崔克‧奈斯的《噪反I：鬧與靜》（*The Knife of Never Letting Go*）

一樣，讓主角掛在懸崖上嗎？而且，系列書作者必須在帶給讀者滿足感和讓他們渴望閱讀下一集之間努力取得平衡。你也要持續記錄故事中發生的關鍵事件和角色涉入程度，才能避免情節不連續，例如讓第三集的角色透露第一集中根本不可能知道的事件。

記下角色和故事背景，這能幫助你確認在每本書中對他們的描述是一致的。

珍妮・羅威斯說：

寫系列書時，最好把全副精力放在創作一本貨真價實的好作品上。其餘更多故事，只要先勾勒些許草圖就好，不用急著完成。不管如何，從想法到成書將有很大變數，所以你的時間最好全力以赴在第一本書上。

珍妮・羅威斯（Jane Lawes）是「芭蕾舞星」（*Ballet Stars*）系列和「體操明星」（*Gym Stars*）系列作者

克里斯多夫・埃奇說：

當我寫《阿爾加・布萊特的繽紛世界》時，我必須在腦海中維持五種不同的平行世界，甚至還有同一個角色在不同平行世界的版本。思考一下故事背景，這些形塑角色的事件，能幫助你了解他們的動機。

克里斯多夫・埃奇（Christopher Edge）是《阿爾加・布萊特的繽紛世界》（*The Many Worlds of Albie Bright*）和本書作者

如何寫舞臺劇劇本

不管喜劇或悲劇,在舞臺上演出的故事是不受類型限制的。寫舞臺劇劇本的訣竅就在於你必須運用語言,讓戲劇故事活靈活現,從而吸引劇場觀眾並帶來娛樂效果。

使用正確的劇本格式

你可能懂得如何在紙上說個好故事,但是要寫舞臺劇劇本,你需要了解如何將文字轉化成舞臺上的演出。閱讀劇本和定期觀賞演出,有助於你理解舞臺劇不同的演出方式。你可以比對《深夜小狗神祕習題》的小說和舞臺劇劇本,弄清楚這兩種形式的差異之處。

*編按:道德劇是指透過劇中人物的經歷與命運,呈現人類在道德議題中的矛盾與掙扎的戲劇類型。

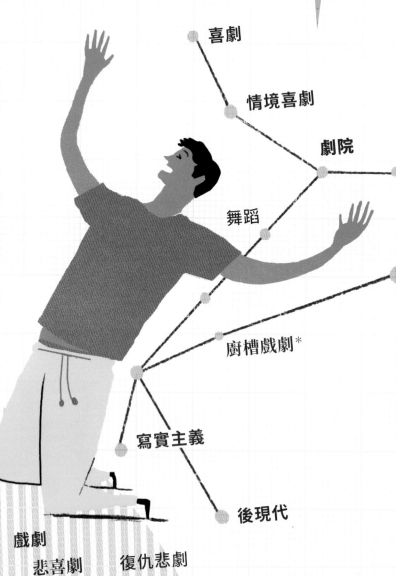

喜劇

情境喜劇

劇院

舞蹈

廚槽戲劇*

現代主義

道德劇*

悲劇

寫實主義

小劇場　史詩

後現代

通俗劇　戲劇

表演　　　　　　悲喜劇　復仇悲劇

實驗劇場

角色和對話

每場舞臺劇最關鍵的要素就是對話。對話能揭露角色性格、表達他們的情緒和想法，並且傳遞讓情節往前進展的訊息。

劇作家也會使用對話來營造氛圍，角色說的話語、說話口氣，都能為場景定調。

許多作家會大聲朗讀他們寫的劇本，思索對話的韻律感，以及聲音聽起來是否自然。舞臺指示會描述角色的行動，用來突顯戲劇的重點，然而，也有些演員喜歡自己決定如何傳達臺詞。別忘了！沉默也很重要。

有時候，角色的沉默能傳達不遜於整頁對話分量的內容。

寫小說沒有預算限制。但是，你只要想想舞臺劇如何被演出，就會明白預算帶來的壓力了。試著減少角色人數，你的戲若需要越多演員，就得花越多錢進行專業製作。

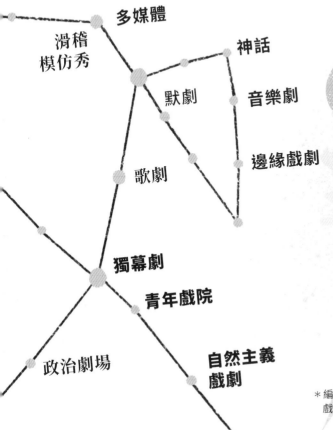

多媒體
滑稽模仿秀
神話
默劇
音樂劇
邊緣戲劇
歌劇
獨幕劇
青年戲院
政治劇場
自然主義戲劇

魯希達・科肯說：

對話是角色對自己、他人和觀眾所說的話。當然，在變成舞臺劇前，那是角色對作者說的話。當角色用震天價響且緊急的聲調對作者說話，那種緊張感要透過真實的焦急和迫切感去轉化成對話。

魯希達・科肯（Lucinda Coxon）是劇作家和編劇

＊編按：廚槽戲劇（Kitchen Sink Drama），也被稱為陋窟戲劇，故事背景與描寫對象多為中下階層與藍領階級。

舞臺設計和背景設計

即使在一個簡單的戲院舞臺，觀眾的想像力還是能帶他們到任何地方。從太空船內部到魔法森林的中央，或從中世紀國王的庭院到21世紀的公寓大樓。

劇作家會用舞臺指示提供指令，告訴演員、導演和後臺人員何時何地發生什麼事，以及背景看起來應該是什麼模樣。

你的指令必須簡單又清楚，這點非常重要。如此一來，這些關鍵人物才容易了解。寫劇本時，想想你設定的舞臺指示，這些指示如何協助創造舞臺世界的幻像，讓它趨近真實？例如僅僅一張椅子就能代表警察局的審訊室。

大衛·伍德·歐比說：

限制卡司的大小和表演的可能性不見得是件壞事。在被定義好的範圍內工作，是一種助力，而非阻力。

大衛·伍德·歐比（David Wood Obeis）是編劇、劇作家

指令

臺左＊

臺右

臺後

臺前

線

臺下

出口

彩排

入口

共讀劇本

提示

＊編按：臺左／臺右是指從舞臺面向觀眾席的左邊／右邊，不是從觀眾角度。臺前／臺後，分別是指舞臺前方較接近觀眾的部分，與後方離觀眾較遠的部分。提示（Cue）的意思是指每個燈光或音效的變化，劇場人一般會直接講英文。

從劇本到演出

　　將劇本落實到紙頁後，接下來你需要想方設法讓你的劇本在舞臺上演出。如何做？你可以留意各種選拔新劇作家的競賽，有時候這些競賽只會在網路上宣傳。不過要記住，當你進入網站之前，需確定這項競賽是合法的。

　　此外，地區戲院和戲劇團體經常尋找新素材，不妨詢問他們對你的劇本是否有興趣？有機會和演員、導演一起工作，也能幫助你成為更好的劇作家。

如何寫 電視 劇本

故事是電視劇的命脈。從單元劇到連續劇，從情境喜劇到肥皂劇，電視編劇窮盡各種可能的類型去訴說不同故事。想想你追過的連續劇，它為什麼能讓你欲罷不能？

勾引觀眾

在戲院看電影時，人們無法轉臺。但是每臺電視都有遙控器隨你控制。因此，不管電視編劇寫的是何種類型的電視節目，他們必須從開場就馬上勾住觀眾目光。英國廣播公司（BBC）的電視影集《豪斯醫生》，一開始在片頭和節目介紹前會有一連串畫面出現，告訴觀眾這集豪斯醫生將面臨什麼威脅。

想想如何為你正在寫作的電視劇本，創造一個活力四射的開場？

秀出哪個最戲劇性的場景，才能讓觀眾的屁股緊黏在沙發上？

不過你不一定要從故事線的開始就這麼做。有些編劇的開場片段會從接近高潮的地方寫起，展現出戲劇性的瞬間，然後運用閃回的敘事技巧，讓後續情節說明故事如何抵達這個高潮點。

場景分鏡圖

　　許多電視編劇會將場景分鏡，以便計畫每集劇情。在許多電視肥皂劇或偵探系列之類的連續劇中，編劇會讓不同支線在數集內容中發展，然而在單元劇中，全部的情節得囊括在六十分鐘之內完成。

　　編劇得仔細思量場景出現的順序，如果不想讓劇情發展太快而被觀眾猜到，可以在下一幕安排較為安靜或需深思的活動場景，讓背景在室內或室外之間轉換。

如同說故事的形式變化，編劇也需要用不同場景來創造氣氛。

　　好的電視劇會採用場景變換，創造出節奏緊湊的觀看效果。

莎莉・溫瑞特說：

我會花一到兩週的時間做場景分鏡圖，然後再花一週讓對話更有趣。

莎莉・溫瑞特（Sally Wainwright）是導演、製作人和編劇，英國電視學院獎（BAFTA TV Awards）最佳編劇獎得主。作品包括《史考特和貝利》（Scott & Bailey）、《哈里法克斯最後的探戈》（Last Tango in Halifax）和《歡樂谷》（Happy Valley）等。

角色連結

　　從《新世紀福爾摩斯》到《辛普森家庭》，令人難忘的角色創造了不容錯過的經典電視劇。思考如何在你的戲劇中，創造讓觀眾想花時間相處的角色。記住！觀眾不必喜歡他們看到的每個角色，但作家在紙上對角色的描繪，會令觀眾渴望知道接下來他們在螢幕上的遭遇。通常，不同類型的故事會有獨特的角色類型，就像犯罪戲劇中，主角多半是偵探。試著創造獨樹一幟的人物，千萬別模仿先前出現過的角色。

行動和對話

　　有些人說行動比文字更有力，然而在電視劇中，唯有行動和對話共同合作，才能成就最精采的故事。在臺灣，撰寫電視劇本時，編劇會在每個場景開場以數字說明場次，用內或外表示內景或外景，並標示地點或註明日夜。呈現不同角色的對白時，以角色名加上冒號；指示或說明行動會以△圖示或括弧表示，例如（基德坐進駕駛座，然後車子發出刺耳的聲音，快速開走了）。可以參考網路上的電視劇本，便能知道如何使用劇本格式來寫劇本。

---

1 外‧醫院
△遠處傳來救護車的鳴笛聲。

2 內‧急診室
△一個看似氣憤難當的年輕男子，
用拳頭狠狠重捶護理站的桌子。

年輕男子：
我已經等了一個多小時了！
我會在這裡流血流到死！

△他在護理站執勤的護士面前揮動另一隻手，
向她們秀出裹住手腕的止血繃帶。

護士：
如果你找個位子坐，很快就輪到你了。

△門被撞擊打開。
醫護人員把推車上的傷患推進急診室。

醫護人員：
這裡需要緊急醫療隊，現在就要！

觀看影集後，練習寫劇本

　　電視影集系列的 DVD 和藍光光碟有時候會附上製作過程的花絮紀錄，你可以留意片中談到關於寫作劇本的部分。另外，觀賞完喜愛的電視劇後，嘗試著寫一集你自己的版本。

許多電視臺會提供編劇課程和劇本徵選機會，也有許多線上編劇課程可以學習，如果想嘗試創作電視劇本，可上網搜尋合適的課程，或參加劇本徵選尋求機會。

如何寫電影劇本

電影劇本不是一個已完結的故事，而是電影拍攝之路的第一步。不管是好萊塢的強檔大片或你和朋友在後院拍的作品，劇本就是一個計畫，而導演將跟隨這計畫，讓劇本中的文字轉化成影像。

如何拍電影？

所有故事都有開頭、過程和結局。但是電影導演習慣使用「幕」（acts）。大部分的電影會被分成三幕：布局（set-up）、抗衡（confrontation）和結局（resolution）。

❶ 布局

第一幕確立主要角色，鋪陳為電影增強戲劇張力的情節。在《蝙蝠俠：開戰時刻》（Batman Begin）的序幕中，描述了當布魯斯・韋恩還是小男孩時，親眼目睹他的父母被粗暴的殺害，而這個事件讓他立誓要打擊犯罪，最後成為蝙蝠俠。

❷ 抗衡

第二幕是主要情節，時間也持續最久。就像小說或短篇故事，這時的場景會描述主角面對阻擾他完成目標的衝突和障礙。以《玩具總動員》為例，就是伍迪和巴斯光年波瀾起伏的旅程，他們面臨各種危險，想盡辦法要回到小主人安迪的身邊。

❸ 結局

第三幕是電影的高潮。可能是主角和死敵決一勝負的大戰，或是男、女主角總算完成他們的終極目標。

觀看你最愛的電影，看看是否可以將電影拆解成以上三幕。你可以指出每一幕是從哪個場景開始嗎？再考慮是否能使用類似方式架構你的劇本？

在《E.T.外星人》中，內向小男孩埃利奧特和E.T.的冒險是十分激勵人心的情節，同時也啟動下個場景的情節。

內 · 埃利奧特的房間——白天

△埃利奧特從衣櫥出來，走進房間。E.T.跟著他，身上包裹著一條毯子。

埃利奧特：

快點，別害怕。沒事的。快點。快點、快點、快點。

△他們站立看著彼此。

埃利奧特：

你會說話嗎？你知道，說話？

△E.T. 沉默

埃利奧特：

我，人類，男孩，埃利奧特。埃……利……奧特，埃利奧特。

聲音和影像

　　電影是為大銀幕製作的，所以電影劇本需要以視覺化的方式說故事。在英雄試圖拆解炸彈的場景中，透過滴答作響的時鐘閃光，就可顯示這是一場和時間賽跑的競賽。如果你正在撰寫浪漫喜劇，揣想你如何提供線索，在不使用任何對話的情況下，讓觀眾明白兩人墜入愛河了。

　　電影劇本可以利用不同技巧暗示訊息、營造氛圍。看看電影《天外奇蹟》運用不同影像剪接串起的蒙太奇＊畫面，無須隻字片語便訴說了電影主角卡爾的生命故事。當你將電影情節拆解成場景，想像你希望觀眾看到什麼畫面？同時，也要讓音效成為說故事的輔助之一。

＊編按：蒙太奇（montage）一詞源自法語，指物件或建築體被組裝、建構起來的意思。電影上
　指的是特別具有藝術表現力的剪接手法，可以帶領觀眾跳脫空間與時間的限制，向觀眾傳達深
　刻的情感或思想。

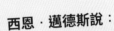
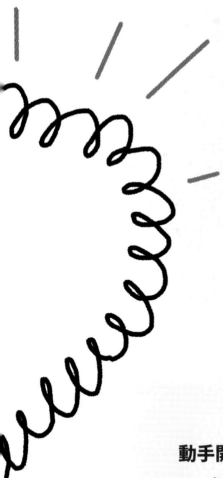

動手開始寫劇本！

專業編劇會用劇本寫作軟體，幫助他們用正確方式創作劇本。然而，如果你實際看過一些電影劇本，你可以拷貝劇本格式，用一般文書軟體就可以了。

你知道嗎？

歐美各國大部分的電影劇本使用12級字編寫，一張A4的劇本，約莫等於一分鐘的影片長度。一般電影長度大約兩小時，所以你可以將目標設定在寫出120頁的劇本。

在場景的開始使用標題，告訴讀者該場景發生在何時何地。編劇可以依行動的準確時間和地點，用表示室內的縮寫「內」和室外的「外」，就能指出這個場景的場所。有些編劇會標註特殊運鏡方式，例如「特寫」，但也有編劇交由導演決定。

如何寫廣播劇劇本

如果作家想聽到自己的文字由出色演員以生動口吻表達出來，那麼他們可以嘗試寫廣播劇。

點燃想像力

戲劇是在聽眾的腦內小宇宙中發生，所以故事設定在哪兒都無所謂。《銀河便車指南》(*The Hitchhiker's Guide to the Galaxy*) 起初是廣播劇，之後才陸續改編成書籍、電玩、電視影集和電影。

有些廣播劇是單元節目，通常長度在15分鐘到1小時之間，其他廣播劇則可能用多聲道連續劇的方式述說。

你可以聽聽各種類型的廣播劇，想想何種形式最適合你要說的故事。

艾兒 · 史密斯說：

廣播劇很不容易。你和聽眾的關係比任何人都親密。因為就只有你和他們在一起。如果你的故事邏輯不通，他們一察覺就會立刻轉臺。

艾兒 · 史密斯（Al Smith）是電視和廣播編劇

戲劇化的語言

對廣播劇作家來說，最重要的工具就是他們精心挑選的詞彙。若作者妥善選擇語句，就能立刻在聽眾腦海中描繪出畫面。

劇作家總是審慎斟酌不同字詞間的關聯，為了營造他們想要的氛圍，千挑萬選找出適合的文字。此外，語言的節奏韻律，也對創造特殊氛圍非常重要。

大聲朗讀對話，能幫你思考場景的節奏。

角色和衝突

就像其他型態的故事，廣播劇同樣需要角色和衝突。不像電影或電視節目，廣播劇最棒的運作方式是場景中只須少少幾個人物，劇作家會把角色人數限制在兩到三個左右，如此一來，聽眾比較容易掌握正在說話的人是誰。

在廣播劇中，務必要讓故事角色的聲音別具一格——他們說什麼和如何表達，都要獨具特色。對話應該要呈現出每個場景的核心衝突，你可以使用對話燃起情緒，帶領聽眾探索衝突。

麥克・沃克說：

寫廣播劇時，你真的需要感覺自己有一座浩瀚如宇宙的戲院，而你正在使用聽眾的想像力，他們跟你一起在做這件事。

麥克・沃克（Mike Walker）是廣播劇作家

茱莉・梅休說：

我發現比起為劇場而寫的舞臺劇劇本，廣播劇更貼近小說創作。因為在後兩者中，我都傾向同時探索角色的內心世界和行動。我的意思是：我寫角色正在進行什麼動作，也寫他們正在轉什麼念頭，以及這兩者之間經常產生的衝突。

茱莉・梅休（Julie Mayhew）是作家和廣播編劇

音效

　　由於無法以視覺影像引導聽眾，所以廣播劇的作者運用音效幫助讀者聯想各種背景環境，例如用刺耳的喇叭聲表示駕駛堵在車陣中、以噠噠馬蹄聲代表福爾摩斯正騎馬追逐他的死對頭莫迪亞尼教授。由此可知，透過聲音可以暗示故事的時間和地點。

音效的改變也可當作場景轉換的信號。在角色開口說話前，聽眾就能知道新的場景位於何處。

　　記住！你寫的是廣播劇本。外星飛船盤旋布滿國會大廈上空的景象，必須用角色所見的描述、倉皇逃跑的恐懼尖叫或戲劇性的音效來表達。

如何寫電玩遊戲劇本

新科技為作家創造說故事的新機會。電玩遊戲是價值數十億英鎊、相當於幾百億新臺幣的產業,產業中網羅了設計師、藝術家、程式設計師和軟體工程師等專業人士。但是,每個遊戲的核心依舊是故事。

遊戲類型

如同書籍、電影和電視節目,電玩遊戲也有許多類型,從第一人稱視角的狙擊手角色扮演遊戲,到在開放世界進行的策略模擬冒險遊戲等,而作家能寫的故事種類,會受到遊戲進行方式所影響。

在部分電玩遊戲中,玩家是行動的核心,透過玩家操控的虛擬化身去經歷遊戲世界。而其他的遊戲如《文明帝國》(Civilization),玩家擁有神力,能掌控遊戲世界和國度中虛擬人物的生活。想一想,你的故事最適合哪種遊戲類型?

注意!有些電玩遊戲會混合超過一種以上的故事類型。

過場動畫和角色

　　電玩遊戲中有許多令人難忘的角色，例如冒險遊戲《祕境探險：失落的遺產》（*Uncharted: The Lost Legacy*）中的寶藏獵人奈森‧德瑞克，或是怪奇科幻小說英雄「拉捷特與克拉克」（*Ratchet and Clank*）系列中的同名主角。在小說中，讀者可以認出主要人物，但在電玩遊戲中，主角不再只是「他們」，同時也是玩家——這表示作者需要創造可以和玩家一起出現的角色。設想各式各樣獨特的角色，並將他們放進遊戲中，你必須考慮到如何讓不同玩家對想扮演的角色有選擇空間。

　　寫電玩遊戲劇本時，作家只能利用過場動畫來介紹角色。當玩家穿梭於遊戲世界進行回應和探索時，這些迷你影片可以為狀況、新環境和冒險提供訊息與條件。

遊戲情節設計和目標

　　每個電玩遊戲都會設定玩家要達成的目標，這些目標可能隱藏在寶藏碎片中，需要解開謎題才能得知。當遊戲進行時，故事會依玩家所做的決定，導向分歧的路線。想想在你的遊戲設計中，驅動故事發展的目標是什麼？

　　電玩遊戲劇本的作家需要慎思在遊戲中提供給玩家的選擇。

不同的行動各會造成什麼後果？

　　遊戲設計師經常在遊戲中的不同關卡提供獎賞，例如玩家可以根據成就解鎖某個裝備或地圖。你可以在遊戲中創建計畫，顯示玩家在遊戲各部分中可遵循的不同路徑。

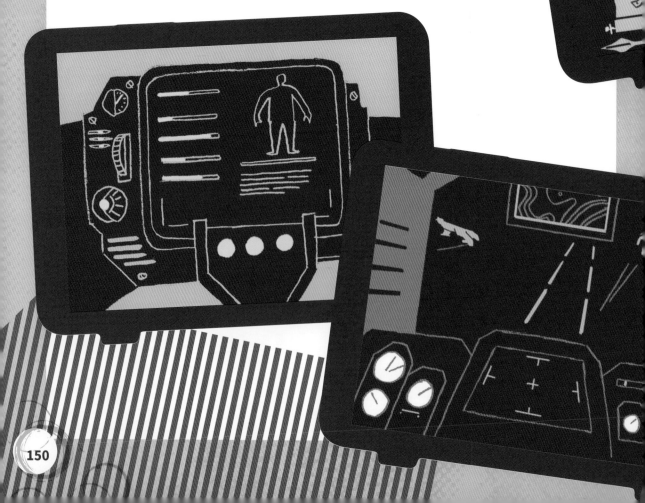

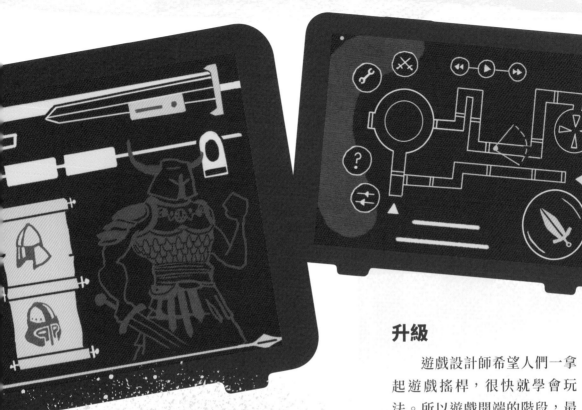

升級

　　遊戲設計師希望人們一拿起遊戲搖桿，很快就學會玩法。所以遊戲開端的階段，最好設定成比玩家後續面對的挑戰再簡單一些。這能讓玩家在應對更難的目標前，提升他們的技巧並累積經驗。

當你規畫電玩遊戲時，把它視為一系列的狀況與挑戰來思考。每個階段都會比上個階段稍微困難一點。

　　跟朋友聊聊電玩遊戲，看看他們最喜歡哪些部分？你可以把這些元素放進你的電玩遊戲劇本中嗎？

萊恩娜·普萊契說：

故事很重要。但是，遊戲由玩家和電子媒體主導。故事必須找到在其中可運作的方法。最理想的狀況是，故事應該以天衣無縫的方式融入遊戲和關卡設計中，而非「喔，這是遊戲，上頭有個故事。」

萊恩娜·普萊契（Rhiamma Pratchett）是曾參與電玩遊戲《古墓奇兵》（Tomb Raider）、《玄天神劍》（Heavenly Sword）和《靚影特務》（Mirror's Edge）的編劇設計

如何寫  小說

如果你曾經瘋狂陷入對某個小說世界的迷戀，或是翻到最後一頁時不願和書中角色道別——你可能會發現自己很想寫本「同人小說」。所謂的「同人小說」就是運用其他作者創造出的角色和世界，重新編織新故事。

點閱：1．喜歡：1．發布：1小時前

天啊!!

點閱：15．喜歡：8．發布：2小時前

天啊!!!

點閱：60．喜歡：30．發布：3小時前

天啊!!!!

分享故事

同人小說作者經常在 Wattpad 這類故事平臺或同人小說網站上分享創作。在這些網路世界裡，數百萬計的讀者熱切的想知道更多他們喜愛的書、電影和電視節目的訊息。

同人小說作者會發布自己的創作，最大特色就是以其他作者的知名角色如福爾摩斯，來進行創作並找到現成的觀眾。有些應用程式和網站有訂閱功能，只要新章節發布便會收到提醒通知，這有助於引起網路群眾的關注。有的作者會發現，在他最新一篇文章上傳前，自己的故事已經吸引了成千上萬的支持者。

「同人小說」的要領就是你在某人創造的宇宙中玩耍，重寫或改變這世界的規則。故事不必結束，你可以待在這個你愛的世界，想待多久就待多久，並且一直持續不斷的發想新故事。

——《粉絲女孩》（Fangirl）
作者／蘭波・羅威（Rainbow Rowell）

重新組合，
寫成一本新書

你可以重述角色的觀點，或想像如果關鍵時刻改變了，會發生什麼事？

史蒂芬妮‧梅爾（Stephanie Meyer）重新想像她自己的「暮光之城」（*Twilight*）系列小說。後來她把兩個主角的性別交換，重新創作出《生與死》（*Life and Death*）。

你也可以從不同書中挑選角色，重新組合，再寫出新作品。漫畫最常使用這個技巧。在龐大的交錯事件中，將來自不同宇宙的超級英雄聚集在一起。在這些故事中，你會發現超時空戰警逮捕了蝙蝠俠，還能一探蝙蝠俠和綠巨人浩克的對決誰是贏家。

關於著作權

撰寫同人小說時必須謹慎小心，因為你所借用人物的原書作者擁有著作權，有的作者不介意粉絲延續故事架構繼續創作，但你不應該出版這些故事。

書籍作者過世達一定時間後，著作財產權即因存續期間屆滿而消滅，成為公領域的財產＊。每個國家規定的存續期間都不盡相同，使用前須確認法律規定。在英國，你可以出版以吸血鬼德古拉為特色的作品，因為原作者布拉姆‧斯托克（Bram Stoker）已經在西元1912年過世了。但是，如果你借用當今暢銷書榜上的任何角色寫書，就絕對不能出版。

＊編按：公領域（PD，Public Domain）在著作權法的領域裡就是公版著作，意思是指「著作財產權消滅……任何人均得自由利用」的著作，但著作人格權不會因時間消失。

如何寫 YouTube影片腳本

Y ouTube是世界上最早、也是至今最多人使用的網路影音平臺,使用者遍及世界各國。它讓使用者能夠自由上傳影片,多元而豐富的內容吸引了無數觀眾,高點擊率的作品還能獲得分紅,因此許多名人、歌手或影視頻道也都選擇在此分享創作,甚至首播作品。

成為最夯的自媒體YouTuber

要成為YouTuber(影音部落客)很簡單,註冊好帳號後就可上傳影片。但首先,你要如何產出有趣、廣受歡迎的影片呢?可參考以下方法。

確定你的影片主題和風格定位

就像新聞或部落格一樣,YouTube影片也有眾多類型,你可以視興趣或專長選擇不同題材,作為出發點編寫腳本。但最重要的是:一開始你必須思考定位。就像一本小說要設定好主題類型,才能建立識別度,吸引對主題感興趣的觀眾,進而累積更多粉絲訂閱你的頻道。

想想看你的專長是什麼類型？
或者你拿手的不止一種？

寵物　時尚美妝　學習
音樂　**時事**　搞笑　美食　運動
閱讀　遊戲實況　**手作**　**嗜好**

廣泛參考作品
儲備你的靈感彈藥庫

影音頻道主要的舞臺是網路，講求即時、迅速、生活化，所以你必須永遠用現在最吸引人、最貼近需求的話題作為創作重點。建議先在各種社群平臺上搜尋，涉獵大量作品是很有幫助的，也能避免重複已被用過的點子而做了白工。

參考其他相同題材的呈現方式，包括拍攝手法、場景配置、橋段設計或字幕和特效等，可以幫助你激發靈感，寫出創新又獨特的腳本。

自媒體的片長很重要，我們可以花好幾天慢慢讀完一本書，卻無法忍受10秒鐘的無趣畫面。影片就像小說一樣，需要戲劇性與高潮，要讓影片從頭到尾毫無冷場，挑戰度相當高，試著先將腳本設定在五到十分鐘，直到你對拍攝熟練，或者獲得保證精采的素材，再慢慢增加片長。

記住！讓觀眾意猶未盡，他們才會更期待下一支影片上架。

準備就序，再喊開麥拉！

　　攝影器材是最基礎的設備，從專業攝影機、具攝錄功能的數位相機，甚至是手機都可以，最好依你的預算和影片需求選用。開拍前，準備好相關器材能讓你的影片更上一層樓。根據腳本，確認下列哪些是你需要的。

場地

布景

燈光

道具

服裝梳化

麥克風

演員

直播中！ ON AIR

拍攝影片時要注意是否會被其他人干擾或打斷，盡量排除這些因素，因為你不確定這次是否會成為你的最佳表現！

注意！當你的演出方式是直播，這些事前準備更加重要。建議多演練幾次，有把握了再開始。畢竟一旦Live播出，所有成果將即時展現在觀眾面前，一旦發生失誤，絕對會令你懊悔不已，即便將影片下架，可能仍會影響觀眾觀感，或成為難以磨滅的紀錄。

適度後製
讓你的創作更吸睛

從基礎的上字幕、配樂，到剪輯或加上特效，若能進行適度後製，加強戲劇效果和張力，將會讓影片更吸睛。常見的後製軟體有威力導演、Adobe After Effects、Premiere等，網路和手機應用程式也有許多免費軟體。你也可以根據時事議題，將不同的素材如新聞畫面、流行圖片或戲劇對白剪輯進去，但請務必確保沒有違反著作權。

再次強調，好的構想和腳本才是成功的基本，沒有想法或主題的影片，即使用了再炫目的特效後製，還是無法長久吸引觀眾的目光。

上傳、分享
只是創作後的第一步

你可以在影片上傳後即時獲得觀眾回饋，甚至在線上討論彼此的想法。試著從回饋和受歡迎的程度，了解影片效果是否如你預期，以及觀眾最關心哪些類型的主題等。保留成功元素，收集改善建議，將幫助你的影片獲得更廣大的回響。

要讓觀眾對你的影片或頻道產生長期興趣和依賴，「故事」和「內容」仍是王道，善加利用本書所提供的技巧，運用在你想發揮的平臺上吧！

（本篇內容由小熊出版編輯部編寫）

廣泛閱讀

成為用故事表現自己的高手
暢行小說、劇本和網路自媒體的創作力

作者：克里斯多夫‧埃奇
插畫：帕多瑞克‧穆赫蘭
翻譯：嚴淑女
總編輯：鄭如瑤
責任編輯：姜如卉
行銷主任：塗幸儀
特約編輯：一起來合作
封面‧內頁設計：3-D Design
內頁構成：mollychang.cagw.

社長：郭重興
發行人兼出版總監：曾大福
業務平臺總經理：李雪麗
業務平臺副總經理：李復民
海外業務協理：張鑫峰
特販業務協理：陳綺瑩
實體業務經理：林詩富
印務經理：黃禮賢
印務主任：李孟儒

出版與發行：小熊出版‧遠足文化事業股份有限公司
地址：231 新北市新店區民權路108-2號9樓
電話：02-22181417｜傳真：02-86671851
劃撥帳號：19504465｜戶名：遠足文化事業股份有限公司
E-mail：littlebear@bookrep.com.tw｜Facebook：小熊出版
讀書共和國出版集團網路書店：www.bookrep.com.tw
客服專線：0800-221029｜客服信箱：service@bookrep.com.tw
團體訂購請洽業務部：02-22181417分機1132、1520
法律顧問：華洋法律事務所／蘇文生律師｜印製：凱林彩印股份有限公司
初版一刷：2020年8月
定價：350元
ISBN：978-986-5503-46-8

國家圖書館出版品預行編目（CIP）資料

成為用故事表現自己的高手：暢行小說、劇本和網路自媒體的
創作力／克里斯多夫‧埃奇作；帕多瑞克‧穆赫蘭插畫；嚴淑
女譯 -- 初版 -- 新北市：小熊出版：遠足文化發行，2020.08
160面；18.5×24公分

譯自：How to be a young #writer
ISBN 978-986-5503-46-8（平裝）
1.寫作法
811.1   109006519

小熊出版讀者回函

小熊出版官方網頁